전지적 언니 시점

전지적 언니 시점
삐뚤어진 세상 똑부러지게 산다

초판 1쇄 인쇄 2022년 12월 15일
초판 1쇄 발행 2022년 12월 21일

지 은 이 김지혜 외
펴 낸 이 정해종
편   집 현종희
디 자 인 유혜현

펴낸곳 ㈜파람북
출판등록 2018년 4월 30일 제2018 - 000126호
주소 서울특별시 마포구 토정로 222 한국출판콘텐츠센터 303호
전자우편 info@parambook.co.kr **인스타그램** @param.book
페이스북 www.facebook.com/parambook
네이버 포스트 m.post.naver.com/parambook
대표전화 (편집) 02 - 2038 - 2633 (마케팅) 070 - 4353 - 0561

ISBN 979-11-92265-87-2   03810
책값은 뒤표지에 있습니다.

삐뚤어진 세상 똑부러지게 산다 **전지적
언니 시점**

김지혜

구경희

김소애

이의진

한정선

허성애

박혜윤

서은혜

손경희

오희승

우연

이은주

한숙

한진수

홍소영

파람북

책을 열며

일곱 명의 여자가 모여 하루에 한 사람씩 자신의 이야기를 쓰면 어떨까? 평범한 사람들이 모여 서로의 일상을 나누고, 서로를 다독여준다면 어떨까…?

책에 수록된 글들은 이 작은 상상에서 출발해 10개월 동안 추진되었던 프로젝트의 결과물입니다. 40년 넘게 다른 환경, 다른 직업으로 살아온, 소셜 미디어 공간에서 만난 일곱 명의 여자 사람들이 모여 서로 살아온 이야기들을 글로 써서 나누는 프로젝트였습니다. 일곱 사람이 매일 돌아가면서 쓰는 하루 한 편의 에세이가 구독자에게 발송되었고, 조금 더 시간이 지나 확장된 플랫폼에는 다른 작가들도 합류해 더 다양한 이야기들을 풀어냈습니다.

여자들이 쓰는 글이야 결혼이나 육아, 이혼…. 그런 것밖에 더 있느냐, 그런 거 다 쓰고 나면 더 쓸 것도 없을 거라고 말하는 사람도 있고, 심지어 신춘문예로 정식 등단한 여자사람 작가에게조차 자신의 경험을 벗어나지 못한다는 평이 쏟아지기도 합니다. 하지만 저는 그런 이야기에 동의하고 싶지 않습니다. 한 개인은 그가 속한 사회 속의 '개인'이기 때문입니다.

시대와 사회 속의 한 구성원으로서 그가 하는 기록은 개인적인 이야기로 끝나지 않습니다. 결혼도 육아도 이혼도 이혼 후 양육비 지급도 불합리하고 느슨하기 짝이 없는 이 시대의 법과 제도를 고스란히 드러내는 게 우리의 현실이니까요. 개인의 기록 속에서 우리는 시대를 읽어내고, 동시대를 살아가는 사람으로서 같이 분노하고, 같이 기뻐하게 되기도 합니다. 그렇게, 평범한 사람들이 기록한 일상이 개인의 노트에서 뛰쳐나와 공유되는 순간 그 글은 글쓴이가 살아가고 있는 시간과 공간을 보여주는 퍼즐 조각이 되는 것 같습니다. 퍼즐 조각을 맞춰보면서 우리는 우리가 '혼자'나 '따로'이기만 한 것이 아니라는 것을 깨닫게 되곤 합니다. 혹 내 이야기밖에 적지 못한다며 부끄러워하는 분이 어딘가 있다면 이 책이 그분에게 말해줄 수 있기를 바랍니다. 절대, 절대 그렇지 않다고. 당신이 쓰는 당신의 이야기를 누군가 자기 자신의 이야기로 느끼고 받아들이는 순간 당신의 이야기는, 당신이 의도하지 않았더라도, 이미 확장된 거라고 말입니다. 아무도 기록해주지 않을, 저나 당신 같은 평범한 사람들의 삶이 또박또박 기록되면 좋겠습니다.

세상에 단 하나뿐인 한 인간의 삶을 적어놓은 소중한 기록들을 모으고, 퍼즐을 맞추듯 빈 곳을 메워가면서 나와 이웃들이 살아가고 있는 시간과 공간을 들여다보는 일은 애틋하면서도 즐거웠습니다. 거의 1년에 가까운 시간 동안 서로 기쁜 일과 힘든 일을 함께 나누며 글을 써 온 열네 분의 작가님들께 감사 인사 전합니다.

특히 이의진 작가님과 한정선 작가님께 이 자리를 빌려 감사의 인사 전하고 싶습니다. 프로젝트 동안 발송된 모든 글의 수정과 윤문을 맡아 힘써주신 두 분의 수고 덕분에 우리의 글이 더 풍부해지고 아름다워질 수 있었습니다.

책 출간을 제안해주신 파람북 정해종 대표님과 여러 작가와 같이 오랜 여정을 함께 해주신 현종희 편집자님, 그리고 이 프로젝트에 애정을 가지고 관심을 가져주신 이은경 선생님께 열네 명의 작가들을 대신해 감사 인사드립니다. 덕분에 평범한 사람들의 이야기가 책으로 출간되어 많은 분들의 손에 가닿게 되었습니다.

어느 드라마에서 나왔던 대사가 문득 생각납니다.
"사람 인생 다 비슷하고 고만고만하다. 다만, 지 별 주머니를 잘 챙기는 게, 그게 중요하다. 고만고만한 인생 안에도 때에 따라

반짝반짝 떠다니는 것들이 있다. 그때마다 그걸 안 놓치고 지 별 주머니에 잘 모아두어야 된다. 그래야 나중에 힘들고 지칠 때 그 별들 하나씩 꺼내 보면서 그 시간을 견딜 수 있는 거야…."

프로젝트의 플랫폼을 만들고 작가로 같이 참여하면서 저는 글 쓰는 사람 특히 글 쓰는 여자사람을 보며 온 마음으로 응원하게 되었습니다. 더더구나 그가 중년의 나이에 접어든 여자일 때 더 그런 마음이 되었습니다. '쓴다'라는 것이 무슨 의미일지 감히 조금은 짐작이 되었기 때문입니다.

특별할 것 없고, 기적 같은 건 더더욱 일어날 것 같지도 않은 고만고만한 인생이지만, 일상 속에서 결정적인 순간들을 잡아내어 마음속 셔터를 누르고, 때론 상상으로 그 순간들을 뒤집어 보기도 하는 언니들의 별 주머니를 재밌게 들여다봐 주시면 좋겠습니다. 그리고 그 여정 속에서 당신도 반짝이는 것들을 놓치지 않고 잘 모아두시길 멀리서 기원합니다.

여러 필자를 대표하여, 2022년 겨울 김지혜

차 례

하나,
언니의 결정적 혹은 격정적 순간

둘,
무례한 세상을 대하는 언니의 자세

셋,

불혹을 매혹으로 사는 슬기로운 언니 생활

넷,

언니가 되고 보니 사랑만 한 게 또 없더라

하나,  언니의 결정적 혹은 격정적 순간

"역시 가운뎃손가락을 다칠걸. 맘에 안 드는 인간한테는 모르는 척하면서 당당하게 가운 뎃손가락을 날리고, 내 사랑하는 노트북은 엄지손가락으로 두들길 수 있었을 것을."

다친 손가락을 보이지 마라

이의진

출근하려고 지하 주차장으로 갔다. 오른손 손가락으로 차 잠금을 풀고 뒷문을 열었다. 이어 가방과 온갖 잡동사니를 담은 쇼핑백을 뒷자리로 던져 넣었다. 왼팔로 아무 생각 없이 차 문을 힘껏 닫았다. 끼었다. 찍혔다. 미처 못 빠져나온 오른손가락이 문짝에 꼼짝없이 짓눌렸다. 통증으로 비명이 목구멍을 찢고 올라오는데 뱃속까지 뜨거워졌다. 장이 꼬이고 뒤틀리면서 다시 뜨거운 김이 목울대를 치고 용틀임을 했다.

아프다. 아프다. 죽도록 아프다.

지금도 드럽게 아파서 진통제 두 알로 버티는 중이다. 하필이면 오른손 검지를 다쳤다. 왼손잡이가 아니라서 타자를 치는데 심히 불편하다. 연말이라 서류 작업은 쓰나미 밀려오듯 몰려드는데 말이다. 평소 30분이면 끝낼 작업을 한 시간 넘게 걸려서 겨우 넘겠다. 꺼멓게 죽은 채 탱탱 불은 손가락은 스리슬쩍 스치기만 해도 통증이 밀려와 장이 꼬이면서 뒤틀어진 창자 사이로 뜨거운 김이 마그마처럼 끓어오를 각이다. 진통제 기운이 떨어질 만하면 '욱씬~' 하면서 잘 벼린 칼이 손톱 밑을 쑤시고 들어오는 느낌에 부르르 진저리를 치며 다시 진통제를 찾는다.

오후에 잠깐 들른 2학년부 교무실의 학년부장이 그랬다. 왜 하필 검지냐며, 차라리 가운뎃손가락을 다쳤으면 맘에 안 드는 사람 만났을 때 유용하게 쓰이지 않았겠냐는 거다. '이게 무슨 소리야?' 싶다가 노트북 타자를 치는 와중에 무심결에 알았다. 가운뎃손가락만 가지고 작업을 하다 보니 타다 타다 타다닥 독수리 타법으로 칠 수밖에 없었는데, 마치 노트북에 대고 계속해서 가운뎃손가락으로 욕하는 느낌이 들었다. 없는 형편에 통장에 남은 잔고 박박 긁어모아 산, 내 사랑스런 엘지 그램이 무슨 잘못을 저질렀다고 이렇게 모욕당해야 하는 건가, 이건 또 무슨 운명의 장난인가 싶은 생각에 가슴이 아리다. 그제야 2학년 부장의 말이 내포하고 있는 심오함을 알게 되었다. 마음에 안 드는 사람에게는

"여기를 다쳤어요."

라며 가운뎃손가락 들어 보이면서 짐짓 모르는 척 '엿 먹일'

수 있었다는 거였다(아니, 그런 심오한 방법이 있는 줄 왜 몰랐던가). 역시 가운뎃손가락을 다칠걸. 맘에 안 드는 인간한테는 모르는 척하면서 당당하게 가운뎃손가락을 날리고, 내 사랑하는 노트북은 엄지손가락으로 두들길 수 있었을 것을.

그러나 만사 역경이 닥쳐와도 얻는 것은 있는 법이다. 이와 같은 불행을 맞닥뜨려 세 가지 교훈을 얻었으니 다음과 같다.

손톱 전체가 푸르딩딩하다가 이제는 시커멓게 죽어서 거무튀튀하게 변했다. 그러데이션으로 네일아트한 느낌이다. 매니큐어라고는 내 평생 발라본 적 없다고 평소 주접떨고 다녔더니 이런 식으로 네일아트를 하게 만들어주었구나 싶다. 그래서 인간은 입을 함부로 놀리면 안 된다는 교훈을 얻었다. 바로 첫 번째 교훈이다.

평소 떠든 적이 많았다. 전생에도 역시 나라 팔아먹을 만큼 잘난 인간은 아니었을 거고 그저 깐족거리는 친일파 정도 아니었겠냐고 말이다. 아마 이완용 수석비서관 정도 하면서 깐족깐족 주변 사람들 괴롭히고 민폐 끼치고 얄밉게 굴어서 이번 생이 이 모양이 꼴 아니겠냐고 떠들기도 했다. 그런데 어제 아침 출근길 발생한 일을 곰곰 생각해보다 흠칫 놀랐다. 우선 먼저 손톱을 짓찧었다. 이후 응급실 갔더니 손톱 밑에 고인 피부터 빼내야 한다며 가느다랗고 뾰족하고 날카로운 꼬챙이를 불에 달구더니 그대로 손톱 위를 지지면서 손톱에 구멍을 뚫었다. 불에 달군 가느다란 침이 쑤시고 들어오는 통증에 소리를 꽥 질렀다. 의사는 분명 피를 뽑겠다고 했는데 피는 별로 안 나오고 불로 지지는 아픔만 몸통을 꿰뚫고 지나갔을 뿐이다. 아, 이거, 이거, 차 문에 손가락 짓찧은 거부터 손톱을 불로 지지는 것까지 일본강점기 양아치 순사들이 독립지사들한테 했다는 고문의 샘플링 아니냐. 종류별 샘플링. 맛보기다.

그렇다. 내 손톱을 불로 지지는 의사는 전생에 나한테 고문당하고 앙심을 품고 다시 태어난 독립지사였던 거다. 알았다. 나, 전생에 나라 팔아먹은 거 맞다. 그러니까 이번 생에 억울한 거 있어도 그러려니 해야 한다. 두 번째 교훈이다.

알고는 있었다. 내가 좀 덜렁거리고, 머리 별로 안 좋고, 거기에 칠렐레 팔렐레* 눈에 뵈는 거 없이 휘젓고 다닌다는 걸 말이다. 그런데 이번에 확실하게 알았다. 아무리 모자라도 어떻게 자기 손을 채 빼내기도 전에 차 문을 있는 힘껏 닫을 수가 있느냐 말이다.

---

*　칠락팔락 혹은 칠령팔락의 경상도 사투리

누군가가 내 손이 채 안 나온 줄 모르고 차 문을 닫아서 다친 거라면 원망이라도 실컷 하고 욕이라도 한바탕할 텐데, 이건 뭐 지가 지 손 집어넣고 차 문을 있는 힘껏 닫은 거니 입이 열 개라도 할 말이 없다. 요즘 말로 하면 '할말하않'이다. 그래서 깨달았다. 이제까지 살아오면서 왼갖 불합리, 부당함을 온몸으로 겪어낸 건, 걍 내 머리가 나빠서였다. 마지막, 세 번째 교훈이다.

다친 손가락이 까맣게 변해가는 밤이다. 망가져서 보라색으로 퉁퉁 불어 오른 손가락을 보다 문득 떠올랐다. 발타자르 그라시안의 처세술 No. 145. 모름지기 이거라도 가슴에 새기고 살자고 다짐한다.

145. 다친 손가락을 보이지 마라.

모두 거기에 충돌하려 들 테다. 다쳤다고 불평하지도 마라, 악의란 녀석이 그 약점을 찾는 중이니. 짜증 내 봤자 소용없다: 그러다 애깃거리라도 되면 더 짜증난다. 인간의 사악한 의지는 우리가 성가셔할 상흔을 탐색하고, 화를 돋울 표적을 노리며, 손톱 아래 맨살을 집요하게 겨눈다. 현명한 사람은 얻어맞았다고 인정하지 않는다, 악독함을 폭로하지도 않는다, 그 인간이 의도적으로 그랬건 원래 그렇게 생겨먹었건 간에. 우리의 가장 가녀린 구석을 즐겨 상처

입히는 건 심지어 운명이라, 언제나 상처 입은 육신에 망신까지 선사한다. 그러니 절대로 내보이지 말라, 어디에서 굴욕이나 기쁨을 느끼는지를. 만약 저 앞의 것(굴욕)을 멈추고, 그 뒤의 것(기쁨)을 그대가 간직하고 싶다면.**

**   Baltasar Gracián, *Oráculo Manual y Arte de Prudencia*, 1647. 국내에는 《발타자르 그라시안의 인생 수업》으로 출간

빨간 구두

구경희

덴파사르 공항에 내리자마자 특유의 '발리 냄새'가 났다. 발리 꽃목걸이를 걸자 낯선 나라라는 사실도 잊을 만큼 긴장이 풀어져 버렸다. 바로 이거지! 마음껏 놀아주겠어! 꼭 잡고 있던 애 손을 슬며시 놓으며 말했다. "지금부터 이모라고 불러."

아이와 내가 묵었던 리조트는 프랑스와 벨기에 사람들이 반이상이었다. 여기저기서 몽슝몽슝거리는 프렌치 발음들은 이국적이었고, 습도 높은 바람과 함께 마시는 차가운 포도주는 일탈을 부추기기에 딱 알맞았다. 그러나 "엄마!" 하고 열심히 쫓아다니는 애 덕분에 일찌감치 산통은 다 깨졌다.

문제의 장소는 해변이었다. 온 하늘이 벌겋게 물든 무렵, 그림처럼 춤을 추고 있는 두 남녀가 눈에 들어왔다. 스윙 같기도 하고 린디합 같기도 한, 자유자재로 추는 춤이었다. 조각같이 생긴 남자 얼굴 때문에 눈을 떼려야 뗄 수가 없었다. 그 옆엔 인형같이 생긴 아기 두 명이 깔깔거리며 그 모습을 지켜보고 있었다. 우리 발걸음은 이미 그들을 향해 가고 있었다. 그들은 가족이었다. 프랑스 직업 댄서 부부라고 자신들을 소개했는데 이름이 줄리앙과 실비라고 했다. 인사를 하던 애가 "아빤데 왜 이렇게 잘 생겼어?"라며 귀엣말을 하더니 뚫어지게 그를 쳐다보았다. 아이 눈에도 그림같이 보였나 보다. 대충 인사를 마치고, 감동이라면 국가대표 선수급인 나는 혹시 춤을 배울 수 있는지, 레슨비는 얼마인지를 물었다. 줄리앙은 크게 기뻐하며 리조트에 머무르는 동안 낮 11시에 해변에 오면 매일 한 시간씩 가르쳐 주겠다며 레슨비는 필요 없다고 했다. 대신 아이들끼리 같이 놀면 좋겠다며 기분 좋게 웃었다.

차차차 스텝부터 배웠다. 원, 투, 차차차. 쓰리, 포, 차차차. 어설픈 내 발가락을 쳐다보느라 잘생긴 줄리앙 얼굴을 볼 틈이 없었다. 스텝에 익숙해지자 품새를 배웠다. 줄리앙은 내게 음악에 몸을 맡기고 즐겁게 추라고 했다. 다행히 '음악에 몸 맡기는' 건 내가 좀 했다. 둘째 날은 실비가 아메리칸 스텝을 가르쳐주었다. 앞으로 뒤로 왔다 갔다 하는 아메리칸 스텝은 무척 흥겨웠다.

줄리앙 부부와 번갈아 춤을 추고 있는 동안 세 아이는 손뼉을 치며 우리를 감상했다. 점차 아메리칸 스핀, 차차차, 린디합 같은 스텝들에 익숙해졌다. 처음엔 눈이 빠지도록 발만 쳐다보았는데 나흘이 지나자 호수같이 푸른 줄리앙의 눈을 바라볼 수 있게 되었다. 그러나 동시에 한국으로 돌아가야 할 시간이 다가왔다.

"우린 내일 떠날 거야. 너네는?"

"우리 프랑스인들 휴가는 한 달이 넘어. 일주일이라니 너무 짧아. 휴가."

"맞아? 한국까지 멀어? 가까워?"

"멀어."

"한국 가서도 춤출 거지?"

"그러고 싶어."

영어를 모르는 그들과 짧은 프랑스어와 손짓으로 대화를 했다. "멀어?"라고 말하며 양손의 두 번째 손가락을 옆으로 길게 늘이던 줄리앙의 투명한 하늘색 눈동자가 지금도 기억난다. 줄리앙은 음악을 크게 틀었다. 마지막 춤이었다. 가볍게 차차차로 시작했다. 다음 스텝과 회전 신호는 손끝으로 전달되었다. 이번엔 아메리칸 스텝, 당기고 밀고, 실비에 넘겨졌다가 다시 줄리앙에게로. 세상이 빙글 돌았다. 손뼉 치며 함께 뛰고 있는 아이들과 푸르디푸른 바다가 보였다. 손바닥에 전해지는 신호만이 우리 사이의 언어 전부였고 단순할 대로 단순한 그런 순간이었다. 이쪽저쪽으로 자유롭게 돌고 크게 허리까지 꺾어 마지막 댄스를 마무리하고 나니 어느새 해변에 있던 모든 사람이 모여들어 손뼉을 쳐주었다.

한국으로 돌아와서도 손발에 남아있는 춤의 기운들을 잊지 못해 댄스교습소 몇 군데를 찾아갔다. 그러나 원하는 댄스홀을 찾을 수가 없었다. 춤도 자태가 있는데 느끼한 춤은 정말이지 싫었다. 관능적인 춤과 느끼한 춤은 격이 다르다. 어딘가에 내가 원하는 댄스교습소가 있기는 했을 텐데 도저히 찾을 수가 없었다.

십수 년 동안 춤을 잊고 지내다가 어느 날 우연히 댄스홀에 갔다. 그곳은 신세계였다. 마이클 잭슨, 자자, 브루노 마스가 뒤섞여 나오는 곳이었는데 그동안 보아왔던, 느끼했던 교습소와는 달리, 다들 제멋에 겨워 명랑 발랄하게 춤을 즐기고 있었다. 춤 잘 추는 '언니'들을 만나기라도 하면 그날은 열광의 도가니가 되곤 했다.

《모리와 함께한 화요일》의 모리 교수는 근육이 서서히 굳는 병으로 세상을 떠났지만 죽음이 눈앞까지 다가왔을 때 그는 춤을 추고 싶다고 말했다. 생의 마지막 순간에 가장 원하던 것이 춤이었다는 사실에 무척 공감을 했다. 이 글을 쓰고 있는 동안에도 쉼 없이 발가락을 까딱거리고 있다. 음악이 있으니 뭐라도 움직인다. 여러 사정으로 댄스홀에 갈 수는 없으나 짬짬이 춤을 춘다.

춤추지 않을 이유가 없다. 어깨라도 살짝 들썩거린다. 아직도 동화 속 '빨간 구두'를 신은 채다.

따뜻한 남쪽 나라로

김소애

중학교 1학년, 북한에서 누군가 배를 타고 귀순했다는 소식이 들렸다. 김만철 씨가 가족 일가 다 데리고 목숨을 걸고 남하했단다. 일본에서 발견돼 남한으로 이송 후 기자회견을 했다. 귀순 이유를 묻자, 김만철 씨는 답했다.

"북한이 너무 추워 '따뜻한 남쪽 나라'를 찾아 내려왔다…."

와아…. 무척 공감했다. 이전 몇몇 귀순자들의 말보다 훨씬 믿음이 가네. 어린 시절 나는 동물 다큐멘터리에서 봤던 곰을 선망했다. 추운 겨우내 달고 긴 잠을 잘 수 있다니! 개구리는 좀 징그러웠고, 어떻게 하면 곰이 될 수 있을까 상상하고 궁리했다. 여차하면 마늘과 쑥을 먹고 다시 사람으로 돌아오면 되니까!

기온이 내려가면 내 몸은 신속히 외부온도와 동기화를 시작한다. 항온은커녕 항상성부터 떨어지는 신체다. 기억이 시작된 때부터 이미 함께였던 수족냉증과 건강검진 때마다 나타나는 혈소판과 적혈구 부족, 저혈압. 변온동물인 게지.

겨울의 등굣길은 추위를 거부하는 상상이 늘 함께였다. 단칸방 노란 비닐장판을 가지고 집을 나선다. 따끈한 온돌방의 노란 장판을 골목과 계단을 거치고 학교 정문을 지나 그늘진 건물의 교실까지 깔면서 간다. 귓불을 얼리는 못된 골바람을 막아야 하기에 장판 길 위로 아치형 골조를 세우고 두꺼운 비닐로 덮는다. 길고 긴 비닐 터널 아래 노란 장판 위를 걸으며 학교에 간다. 발도 따끈하고 귀도 시리지 않다. 추위를 거부하려 애쓴 기억들이다.

인간 난로를 선호한다. 처음 손을 잡고선 나보다 차가운 손에 실망해 끝난 연애도 있다. 지금 반려인은 체온을 내게 연신 뺏기고도 자가 상승하는 신체다. 그 지점에선(!) 참 복된 존재다.

남한도 내게는 너무 춥다. 남한에서도 남쪽 끄트머리의 부산도 내게는 너무 춥단 말이다. 나는 더 따뜻한 남쪽 나라로 가야 하나? 쨍한 햇살이 사시사철 내리쬐고 후끈한 공기가 늘 지배하는 곳. 그곳은 어디일까? 나는 어디로 가야 할까? 나는 그곳으로 가야 한다.

그러니까, 나의 여행 취향은 탈북으로 트리거된 것이다.

'따뜻한 남쪽 나라로 가자!'

여행지 선정의 원칙이 있다. 첫째가 날씨다. 겨울인 곳은 안 간다.

6월의 런던은 어찌나 추웠던지 사람 못 살 곳 같았다. 아름답고 세련된 스톡홀름의 기억도 어둡고 눅눅하고 차갑기만 하다. 4년 전, 서구의 크리스마스 분위기를 느껴보고자 원칙 깨고 감행한 '뉴욕 찍고 LA' 여행에서 내내 머리 쥐어뜯으며 후회했다. 좋은 기억이 전혀 없진 않았지만, 전반적으로 어둡고 무거운 느낌이 남았다. 그 후 겨울인 곳은 무조건 안 가기로 결심했다. 초여름의 기억이 좋아 겨울에 다시 찾은 뉴욕에 대한 감상문은 아래와 같다.

겨울을 여행하는 건 역시 맞지 않는다. 여행의 호방함을 짓누르는 무거운 외투에 우울한 태양까지 걸고 다닌다. 낯섦과 어색을 면박 줄 눈부신 햇살도 자취를 감추고 낮부터 그늘이 주저앉는다. 가라앉은 혈압을 더욱 눌러 앉히는 눅눅한 어둠과 도무지 어색한 휘황찬란한 불빛과 숨막히게 화려한 장식 나부랭이들. 트럼프를 닮은 거리마저 걷고 나니, 다시 찾게 만든 이 도시의 매력을 망각하게 된다.

병색 짙은 비둘기들이 남루한 깃털을 여미며 비루한 삶을 짧고 낮게 나는 도시. 게으름을 무찌를 호기심마저 얼어버린, 싸늘히 번쩍이는 도시. 농밀한 닭개장 맛의 일본라멘 한 그릇으론 데울 수 없는 호기심을 타박하며, 멀고 먼 봄날을 빌어와 추억한다. 도시의 계절에 이제 겨울은 없다.

온통 햇살로 둘러싸인 크레타의 협곡은 스릴 넘치는 꿈의 배경이 되곤 한다. 불완전연소 기름내 가득한 동남아의 도시들은 종일 걷고 걸어도 좋았다. 스웨덴에서 발트해 건너 도망간 바르샤바는 햇살의 골목들로 기억한다. 쨍한 햇살이 신비롭게 비치던 나미브사막, 수은주 39도 크라쿠프는 내겐 따듯한 찜질방이었다. 성격 기괴한 현지인을 몇 만나야 했던 스페인은 그럼에도 꼭 다시 가서 오래도록 머물고픈 태양의 나라다. 하와이는 현지 호텔들의 터무니없는 가격에도 굴하지 않고 텐트 캠핑으로 계획을 전환했다. 상상 속 아름다운 남국과는 판이하게 마닐라 변두리 같던 타히티였지만 낮 동안 머금었을 볕내와 꽃내를 풍기는 이국적 밤공기에 취했다. 보라보라섬 거대한 가오리의 빛나던 몸빛과 친근하게 다가오던 몸짓이 설레도록 그립다.

계절에 매혹되는 법

한정선

　바람이 분다. 한동안 바람이 거의 없는 날들이었다. 섬에 살면서 바람이 거의 없었던 적이 기억이 나지 않아서 창을 스치고 전깃줄을 휘청이며 다시 울리는 바람 소리가 반가웠다. 하늘에는 커다랗고 흰, 때론 회색의 구름이 거침없이 가로질러 가고 간간이 빗방울이 흩뿌려졌다. 구름 틈새로 햇살은 투명하고 맑다. 바람이 분다, 바람 소리가 들린다. 열에 찬 머리가 시원해지고 숨이 조금 가빠온다. 눈을 감고 소리를 듣는다. 살갗에 닿는 바람의 손길에 기대면 거센소리와 달리 날카롭지 않고 부드럽고 온화하다. 거대하고 몽실몽실한 공기가 덩이져서 내 뺨을 어루만진다. 머리카락을 하나하나 감싸고 옷자락을 잡아끈다.

　창을 내려다보니 가로수가 파도처럼 풍성하게 흔들리고 있다. 잎새 하나하나가 각자의 율동에 맞춰 흔들리는데도 전체적으로는 같은 방향으로 휩쓸려가고 휩쓸려 오는 무희들처럼 초록빛으로 나부낀다. 육지에서 보아온 가을 특유의 찬란하고 선명하고 채도 높은 단풍잎을 보기는 쉽지 않다. 가을이 깊어가고 이제 겨울이 오는 시간인 흐름 속에 놓인 계절이 낯설었던 것은 단풍의 형태에서 떨어지지 않고 아니 처음부터 단풍으로 이어지지 않고 나뭇가지에 낙엽인 채 매달린 채였다. 낙엽인 가로수거나 그저 사철 푸른 잎새를 드리우는 등의 가을을, 제주는 품고 있었다. 처음부터 퇴색된 채 잎사귀를 떨구거나 초록으로 선명하거나 둘 중 하나다. 그렇다 보니 지난번 본가 행에서 마주한 가로수들의 총천연색 단풍이 새삼 낯설고 아름다워서, 아 가을이란 이런 빛깔이지 하며 반갑고 설렜던 기억이 있다. 그럼에도 제주에 와서야 나는 비로소 가을을 사랑하게 되었다.

제주는 綠葉(녹엽)과 紅葉(홍엽)이
落葉(낙엽)의 계절과 무관하게 공존한다.

제주는 십이월 중순 정도까지는 볕에 앉아있으면 땀이 송골송골 맺힐 정도로 따뜻할 때가 많다. 고도가 높은 중산간 마을에서조차 그래서 점심을 먹고 볕을 쬐며 앉아있으면 봄 같기도 한데 봄철처럼 눅눅하지 않아서 이 건조한 볕의 풍성한 기운을 마음껏 즐길 수가 있었다. 추위를 많이 타고 추운 것을 무서워할 만큼 싫어하다 보니 섬으로 이주하기 전까지 아름다운 풍광에도 불구하고 나날이 서늘해지는 공기 자체를 견디기 힘들어했다. 아침에 일어나는 것, 이불 속에서 데워진 몸을 이끌고 차가운 방공기를 접해야 하는 순간을 몹시 힘들어했다. 매일 아침이 불행하다 싶을 만큼 싫었다. 계절의 아름다움은 눈에 들어오지 않았다. 매일매일 차가워지는 공기를 미워하며 시작하는 아침은 끔찍하곤 했으니까. 해서, 제주에서 맞은 첫 가을은 정말로 드넓고 차가운 파랑, 빛의 하늘과 커다란 원을 그리며 사방에 펼쳐진 분홍빛 비너스 벨트로 완성되는 노을과 아침 햇살에 음표처럼 통통 튀며 반짝이던 억새 풀밭이 내게로 성큼성큼 걸어 들어오는 시간이었다. 바람은 강하지만 날이 서지 않아서 부드럽고 큰 거인의 손 같았고 바라보이는 나지막한 오름들은 쪼그리고 앉은 아이들처럼 귀여웠다. 조금씩 거리를 두고 곳곳에 앉아서 이야기를 나누고 있는 듯 다정한 모습들. 제대로 된 단풍을 구경하려면 한라산 가까이 가야 했지만 그래서 일상에서 찬란한 단풍은 만날 수 없었지만 순하고 보드라우면서 힘센 바람이 따사로워서 가을이, 정말로 행복해졌다.

오늘은 바람이 많이 부는 날이다. 하늘은 변덕스럽고도 매혹적으로 긴 옷자락처럼 드리운 바람은 공간을 개의치 않고 자유롭게 질주한다. 그 바람을 맞으며 때때로 듣는 빗방울을 맞으며 눈을 감고 있는 옥상의 시간이 평온하다. 옷 사이를 뚫고 들어오는 볕과 바람은 감미롭고 달콤하게 간지럽힌다. 같이 더 놀자고, 같이 더 있자고, 장난스럽게 빗방울을 튕기며 젖지 않을 만큼. 더러워지는 것을 신경 쓰지 않으며 초겨울 옥상 바닥에 누웠다. 눈을 감는다. 의식도 없는 시간을 흘려보낸다.

제주의 계절은 몸을 점령해 버린다.

내가 꼭 잡아줄게

김지혜

"정말? 정말 한 번도 썰매를 타 본 적이 없어?"

야나는 안 그래도 큰 눈을 동그랗게 뜨고 내게 되물었다.

3년 전, 며칠 동안 내린 눈이 쌓여 세상이 온통 하얗던 날이었다. 눈이 오면 내가 사는 도시 트리어에서는 어른 아이 할 것 없이 다들 썰매를 끌고 나와 온종일 찬바람에 코가 새빨개지도록 뒹굴며 논다. 그래서 눈이 쌓이는 날이면 서로 따로 연락하지 않아도 동네 주민들을 다 만나게 되었다.

사실, 그해 겨울은 눈이 별로 내릴 것 같지 않았다. 눈곱만한 눈이 호숫가 잔디 위에, 길가에 듬성듬성 빠진 머리카락처럼 깔려 있을 뿐이었다. 남편과 나는 내심 눈이 많이 오지 않는 걸 다행이라 여기고 있었다. 초등학생인 아들은 썰매를 타고 싶어 했는데, 우리에겐 썰매가 없었다. 썰매의 종류가 워낙 다양하고, 가격도 천차만별인데, 아들이 갖고 싶어 하는 핸들이 달린 플라스틱 썰매는 우리가 사기엔 부담이 되는 가격이었다. 더 좋은 게 있나 한번 천천히 찾아보자며 시간을 질질 끌고 있던 참이었다.

그런데, 거짓말처럼 함박눈이 내린 것이다. 내년에는 썰매를 사주겠다며 아들을 달래고 있었는데, 말 끝나기가 무섭게 거짓말처럼 며칠 계속 눈이 내리더니 썰매를 타기에 아주 적합한 환경이 조성된 것이다. 가벼운 주머니가 야속하고, 거짓말처럼 내리는 함박눈도 야속했다. 미안한 마음이 바짝바짝 말라가고 있던 날, 우연히 친구 야나를 만났다. 주말에 동네 호숫가에서 썰매를 타려고 하는데, 같이 만나자는 것이었다. 썰매가 여분으로 충분히 있으니 번갈아 가며 타면 된다고 했다.

점심을 먹고 야나와의 약속 시각에 맞춰 아들과 같이 호숫가로 갔다. 꽁꽁 얼어붙은 호수 위로 하얀 눈이 쌓여 호수와 길의 경계선이 사라지고, 온통 하얗게 뒤덮인 세상만 눈에 들어왔다. 아들은 늘 그렇듯 호숫가에 도착하자마자 나뭇가지를 주워 호숫가 가장자리 살얼음들을 톡톡 치며 놀았다. 온통 하얀 배경 뒤로 까만 옷을 입은 아들의 모습을 카메라에 담고 있었는데, 호숫가 입구에서 야나가 손을 흔들며 우리를 불렀다.

우리 동네 호숫가에는 놀이터가 두 개 있는데, 하나는 어린아이들이 놀기에 적당한 놀이터이고, 또 하나는 좀 큰 아이들이 탈만한 놀이기구가 있는 놀이터이다. 어린아이들을 위한 놀이터 위쪽 작은 언덕에서 먼저 썰매를 타기 시작했다. 야나의 남편 잭은 혼자 나무 썰매를 타고 언덕 밑으로 달리고, 그들의 아들 파스칼도 핸들 달린 플라스틱 썰매를 타고 혼자 저만큼 내려가 있었다. 야나가 썰매 하나를 내게 건네주었다. 나무로 된 그 썰매는 아들이 혼자 타기에는 좀 어려워 보였다. 썰매를 받아들고 잠깐 망설이다가 나는 어렵게 야나에게 말을 꺼냈다.

"그게. 나는 썰매를 못 타. 아직 한 번도 타 본 적이 없어."

내 말을 들은 야나는 눈이 휘둥그레지더니 믿을 수 없다는 듯 다시 물었다.
"정말? 정말 한 번도 썰매를 타 본 적이 없어?"
"응, 스케이트는 타 봤는데, 썰매는 타 본 적 없어. 나… 이거 솔직히 좀 무서워."
"오, 안겔라!"

야나는 장난치듯 내게 눈을 흘기더니 말했다.
"알았어. 그럼 내가 다니엘(내 아들) 데리고 탈게."

야나는 아들을 썰매 뒤에 태우고 빠른 속도로 언덕을 내려갔다. 몇 번을 오르내리던 야나가 고개를 들어 저쪽 위, 큰아이들이 노는 놀이터 쪽 언덕을 바라보았다.

"저쪽 언덕이 경사가 조금 더 심해서 더 재밌어. 우리 저쪽으로 가."

썰매를 끌고 다들 위쪽 언덕으로 걸어갔다. 위에 올라가 내려다보니 좀 전 언덕과는 비교도 되지 않게 높고, 경사도 심했다. 약간의 고소 공포증도 있는 데다, 롤러코스터도 타지 못할 만큼 겁이 많은 내겐 서서 보기만 해도 아찔해지는 언덕이었다. 나를 잠시 바라보던 야나가 내게 말했다.
"안겔라! 나랑 같이 타자."

야나의 이야기에 화들짝 놀란 내가 손사래를 치며 말했다.
"아, 안 돼. 나 정말 무서워."
"오, 안겔라, 안겔라! 걱정하지 마. 내가 뒤에서 잡아줄게."

야나는 내가 뭐라고 할 틈도 없이 남편을 향해 소리쳤다.
"잭! 당신이 다니엘 데리고 썰매 타. 나는 안겔라 데리고 탈게."

사색이 된 얼굴로 뻣뻣하게 서 있던 내 손을 잡아 썰매 앞쪽에 앉힌 야나가 내 뒤에 앉으며 말했다.

"걱정하지 마. 진짜 재밌을 거야. 셋, 둘, 하나. 출발."

"아아아아아아아아악!"

부끄럽다고 생각할 사이도 없었다. 비명은 이성을 앞질러 튀어나왔다. 썰매는 단 몇 초 사이 언덕 밑으로 내려갔고, 내 심장은 심하게 벌렁거렸다.

"어때? 생각보다 괜찮지?"

야나가 내게 물었다.

"응, 근데 더는 안 탈래. 진짜 심장 벌렁거렸단 말이야."

투덜거리는 나를 보더니 야나가 웃었다.

"안젤라! 한 번 더 타 보면 더 재밌을 거야. 정말이야."

더는 안 타겠다는 내게 야나는 내 손을 잡아끌었다.

"한 번만 더 타 보자."

"아니, 아니! 그러니까⋯. 난 더는⋯."

"괜찮아, 괜찮아. 내가 꽉 잡아줄게."

야나의 손에 붙잡힌 손을 뿌리치지 못한 채 후들거리는 다리
를 썰매 위에 올려놓았다.

"아아아아아악."

두 번째 썰매가 언덕 밑으로 미끄러졌다. 내 심장은 여전히 벌
렁거렸다.

"우리 더 탈까? 어때?"
야나가 내게 물었다.

"응, 좋아."

내 입에서 더 타겠다는 소리가 나오자 야나는 "하하하!" 하고
웃었다. 무서웠던 썰매가 조금씩 덜 무서워졌다. 세 번, 네 번. 썰매
를 타면 탈수록 내 입에서는 비명 대신 다른 소리가 흘러나왔다.

"와!!! 유후!!!"

그날 몇 번을 더 탔는지 정확히 기억이 나지는 않는다. 코끝이 새빨개진 것도 모른 채, "와! 유후!" 소리를 질러대던 기억은 난다. 가끔, 아직 한 번도 해 보지 못한 일을 마주할 때, 그 일을 생각만 해도 겁이 나거나 뭐가 뭔지 알 수 없어서 시작 전부터 움츠러들 때, 그날이 생각난다. 겁먹고 얼어붙었던 내 몸과 마음을 다독여 주던 야나의 조용한 목소리, 그리고 딱 한 번만 더 타자, 하고 눈 질끈 감고 올라탔던 썰매가 생각난다.

오십 년쯤 살아서 웬만한 일은 예상 가능한 범위 내에 있지 않을까 싶으면서도, 살면서 불쑥불쑥, 툭 하고 튀어나오는 낯선 손님들을 만나는 날, 그래서 손사래 치고 그냥 냅다 도망가고 싶은 날, 무서운 속도로 가파른 언덕을 미끄러져 내려가던 썰매 위에 앉아있던 나를 떠올린다. 매번 심장은 벌렁거리겠지만, 또 눈 질끈 감고, 한 번 더 타자, 그렇게 급경사를 내려가겠지. 혹, 가다 보면 완만한 경사도 나올지도 모른다.

마음이 복잡하게 구겨진 날이면, 야나가 내게 해주었던 말을 주문처럼 되뇐다.

"괜찮아, 내가 꼭 잡아줄게. 재밌을 거야!"

아름다운 것들

허성애

1.

아이들 영어 가르치는 선생님이라면서요. 아우, 주말에는 그
냥 쉬시지, 뭐 이런 험한 데 와서 일하세요. 내 또래거나 혹은 그
보다 몇 살이나 더 위일까. 나쁜 의도라고는 전혀 배어 나오지 않
는 표정으로 웃으면서 얘기를 한다. 그런 웃는 얼굴에는 답이 어
렵다. "그러게요" 하자니 내가 우습고, "험한 일 안 험한 일이 따로
있습니까" 하자니 질문이 우습다.

2.

친구 따라서 아파트 신축 공사 현장에 이틀짜리 주말 알바를
갔었다. 일당 10만 원을 준다고 했다. 일은 어렵지 않았다. 각 세
대를 돌면서 난방 키트의 셋팅 버튼 몇 개 누르는 거였다. 아는 사
람 통해서만 얻어걸린다는, 특별한 기술이 필요 없는, 그야말로
초단기 꿀알바다. 주말에 노느니 뭐해, 돈 벌러 가자. 친구는 농담

처럼 말했다. 사람들은 일자리가 없다고들 하는데, 여기는 정작 일할 사람이 없다는 소리를 듣는다. 주말에는 아무래도 그렇겠죠, 라는 말에는 다들 배가 불렀어, 라는 농담기 없는 추임새가 돌아 왔다.

3.

오트밀 색깔의 커다란 플라스틱 접시 하나에다가 뷔페식으로 담아 먹는 점심이다. 칸이 나뉜 학교 급식판 정도만 되어도 좋지 않을까? 밥이랑 반찬이 섞이지만 않아도 더 맛있게 먹을 수 있을 것 같은데… 말을 하지는 않았다. 그저 생각만 했다. 유통기한이 궁금했던 버썩 마른 토스트 한 쪽이랑 모텔에서 공짜로 주는 봉지 커피 두 개를 차에서 먹고 나왔다. 추운 데서 오전 내내 일을 하고 점심을 먹고 나니 몸이 노곤하고 진한 커피 생각이 간절했다. "혹시 이 근처에 커피집이 있나요?" 슬쩍 그렇게만 물었을 뿐인데 쏟아지는 박수 소리처럼 하하하하! 주변 사람들이 다 웃는 얼굴이다. 나는 순간 어리둥절해졌다. 내가 웃긴 말을 한 건가? 친구에게 물으니 그도 웃는다. 건설 현장 함바집 15년 만에 자기는 처음 듣는 소리란다. 실례인 건가, 커피집 찾는 이야기 같은 건.

4.

공사가 한창 마무리 중인 아파트다. 세대별로 혼자 돌아다니다가 제일 놀랄 때는 사람을 만날 때다. 사람이 사람을 만나면 반가워야지 무서울 일인가, 서글픈 생각이 들었다. 이번에도 당연히 빈집이라고 생각하고 현관을 벌컥 열었다가 깜짝 놀랐다. 클래식 음악이 와르르 쏟아진다. 벽지에 풀칠하는 젊은 여자가 보인다. 크게 음악을 틀어놓고 일을 하고 있다. 40층 꼭대기의 아파트, 베란다 통유리 밖으로 붉게 떠오르는 해가 주황색 크레인에 걸려있다. 차이콥스키인가? 생각하면서 나는 잠시 일하는 손을 놓고 그 음악을 듣는다. 한눈에 보아도 오랜 시절 몸으로 익히고 갈고닦아 솜씨 좋게 도배 일을 하는 그녀의 손놀림과 잘 어울리는 풍경이다.

5.

어떤 곳이든 어떤 상황이든 무시무시하다는 생각이 들 때는 상상을 한다. 아주 어렸을 때 써먹던 방법인데, 걸레질하기 싫을 때는 난 신데렐라야. 새벽 공부가 졸릴 때는 난 퀴리 부인이야. 그런 식으로. 숙소가 별로일 때도 마찬가지다. 여기는 전쟁터야. 나는 그 난리 통인 전투 한복판에서 간신히 지붕이 있는 잘 곳을 얻은 행운아야. 그럼 다 괜찮아진다. 누덕누덕 얼룩이 진 시트도, 머리카락 붙은 베개도, 모서리마다 올이 다 풀린 낡은 수건도 아무렇지 않고 고마운 것이 된다.

6.

유난히 어려 보이는 얼굴이었다. 구석에서 조용히 핸드폰을
보고 있던 스물둘의 청춘, 이제 막 8개월이 된 아가의 아빠라고
했다. 잠시 쉬는 시간, 그 어린 아빠는 엷게 웃으며 아기 사진을
내내 바라보고 있었다. 나는 그 장면으로부터 이상하게 마음이 풀
썩거렸다. 돈을 버는 것, 누군가를 먹여 살리는 것. 무겁고, 깊고,
거친 것이다.

7.

이른 새벽의 해, 예상치 못했던 곳에서의 강렬한 음악, 고된
노동을 잊게 해주는 아가의 얼굴. 어디에나 아름다운 것들은 있
다. 한파가 몰아쳤다는 이른 아침, 낯선 아파트 공사판 한가운데
서 바라본 풍경도 그랬다.

나비 반지

한진수

그녀는 책상 위에 반쯤 구겨진 신분증을 놓고 갔다. 그리고 내 이름으로 된 카드 몇 장. '그동안 고마웠다, 돈은 전세가 나가면 보내 달라'는 공책을 찢어 적은 편지도 있었다. 그녀가 나에게 놓고 간 다였다. 나는 가위로 신분증과 카드를 잘라 쓰레기통에 넣었다.

반지는 내게 돌려주지 않았다. 그 반지를 사기 위해 나는 하우스에서 일해야 했다.

'하우스'라고 해도 겉모습은 신촌 중심에 위치한 버젓한 부동산 회사 사무실이다. 아직은 2000년대 초반, 신촌은 평당 1억이 넘는 금싸라기 땅이었고, 한쪽 손가락이 없는 사장은 포장마차를 하다가 주워들은 이야기로 그곳에 땅을 사서 기묘한 형태의 건물을 짓고 그 임대료로 돈을 긁어모았다.

내 책상은 부동산과 사장실 길목에 있어 겨우 앉을 만한 공간이었다. 시간 나면 사무실 청소나 하라고 능글거리게 생긴 부장이 한마디 던진다. 하지만 아무리 닦아도 사무실은 지저분해서, 아침마다 한 시간씩 청소한 후에 한숨을 지었다. 청소가 끝나면 대부분의 시간은 커피를 탔다.

날이 어두워지면 남자들이 찾아온다. 그들은 사무실에 들어가고 사장과 큰소리로 인사를 하고 농담을 주고받다 사장이 나간다. 사장이 나가면 부장이 주위를 어슬렁거리다 사무실 안으로 들어가서 큰소리로 '커피'라고 소리를 지른다. 주말엔 죽이나 간단한 식사를 요구하기도 한다. 내가 커피를 타거나 식사를 사다 뒷자리에 있는 작은 탁상 위에 올려놓으면 능글능글하게 생긴 부장이 커피나 간식을 들고 사무실 안으로 들어가 문을 닫는다. 사장은 아무것도 모르는 척 자릿세를 받아 지폐째 나에게 던지곤 했다. 사장이 나가면 부장은 받은 돈을 달라고 한 후 얼마쯤 뺀다. "이건 내 심부름 값이야." 기름진 배를 가진 부장은 나보다 서너 살이나 많을까? 그는 커피를 나르면서도 얼마쯤 받을 테지만, 나는 정직하기보단 귀찮아서라도 정확히 세서 집어넣는다.

사업이 망해 들어온 사장의 운전기사는 그런 나를 보면 얼른 이곳을 떠나라고 난리다. "너한텐 맞지 않아. 그 전 여자애들은 손버릇이 나빠서 잘리거나 사채를 지고 도망쳤어." 사장이 시킨 간식 심부름 따위를 하면 나에게도 슬쩍 전해준다. "먹어, 너는 이상하게 정직해. 여긴 너 같은 애들이 오면 안 좋아." 사장의 친구인 이제는 사라진 나이트클럽 사장이거나 신촌 어딘가의 사장들은 이런 곳에 있지 말고 본인 사무실로 오라며 농담을 던진다. 사장은 자기 직원 건들지 말라며, 내게 이놈들은 여직원이고 남직원이고 맘에 안 들면 두들겨 팬다며 겁을 준다. 나이트클럽 사장은 웃으면서 자기는 직원이 결혼할 때 퇴직금 대신 혼수를 사라고 골드카드를 준다고 한다. '그곳에서 일하면 어떻게 해서라도 결혼해야겠다.' '그래도 나이트클럽은 무섭지 않을까?' 하며 나는 세상 쓸데없는 고민에 빠진다.

나에게 개평을 몇 푼 쥐어주면 운이 좋다는 소문이 났는지 사람들은 나에게 돈을 주기 시작했다. 대놓고 돈을 주면 질색하니 걸쳐놓은 외투며 가방에 돈을 쑤셔 넣었다. 후드티를 입었을 땐 모자에 돈을 던져 놓기도 했다. 크리스마스이브에 새벽까지 있으라는 부장의 말에 친구들이 기다린다는 말로 도망치듯 10시쯤 나와 보니 호주머니와 가방에 꼬깃꼬깃 접혀있는 만 원짜리들이 몇십만 원이었다. "밤을 새우면 몇백은 나올 텐데 왜 그냥 왔어?"라고 친구들은 짐짓 안타까운 척 놀렸다.

회사 바로 아래 1층에 있던 귀금속점에서 같은 건물이라고 할인받아 그녀의 반지를 샀다. 내가 누군가에 사준 유일한 물건이었다. 그녀에게 선물을 사주고 싶었고, 그녀는 내 통장을 관리하고 있으니 그 돈도 당연히 본인에게 달라고 했지만, 나는 돈을 따로 챙겨놓았다. 나비를 좋아한 그녀를 위해 산 나비 모양의 반지와 그다음 해 산 귀걸이는 마치 세트같이 비슷한 모양이었다. 그녀는 나와 헤어지고도 반지와 귀걸이를 착용했는데, 나는 그것이 애정의 증거라고 생각했다. 단순히 좋아하는 디자인이기 때문이라는 생각은 한참 뒤에나 가능했다.

어느 날 회사를 다녀오니 그녀의 물건이 사라졌다. 함께한 9년의 세월도 함께 사라졌다. 그녀가 없는 이십 년 가까운 인생을 결국은 아무렇지 않게 살게 되겠지만, 당장의 하루는 텅 비어있다.

둘,
무례한 세상을 대하는
언니의 자세

"어차피 이렇게 된 거, 한 번만 봐줘요. 이런 무정한 말들이 나는 참 싫고도 무섭다. 장르는 다르지만, 매번 대사는 비슷하다. 같은 사연들 앞에 엇비슷한 문장들로 부패하여 쓰린 목구멍으로 다시 넘어온다."

미남이란 무엇인가

김소애

대학 전공은 전자공학이다. 취업 전망도 좋고 적성에도 맞다기에 선택했던 것이었다. 사실을 말하자면, 어릴 때부터 나는 미대를 희망했다. 일찌감치 집안 사정이 포기시켰지만, 워낙 어릴 때부터 꿈이었던 시각적 작업(회화, 조소, 디자인 등)을 내 인생에서 완전히 솎아낸다는 것에 아쉬움이 계속 쌓여갔다. 그러다 일말의 해소책이라도 궁리하기에 이르렀다. 3학년 때, 건축공학과에서 〈데생〉 과목을 개설한다는 걸 알게 되었다. 같은 공과대학이다 보니 전공선택으로 학점 인정도 가능했다. 그 사실에 한껏 기뻐하며 수강신청을 했다.

그 수업에서 타과생은 필시 나밖에 없으리라 짐작했지만, 하고 싶은 것 앞에선 다른 건 잘 개의치 않는 나답게 첫 수업을 설레며 기다렸다. 학교 앞 문구점에서 미술용 연필과 스케치북을 주섬주섬 사 들고 지정 강의실을 찾아 들어갔다. 예상처럼 낯선 얼굴들만 가득했고, 몇몇은 역시 낯선 나를 눈여겨보는 듯했다. 조금은 긴장한 채로 아직 비어있는 이젤을 찾아 그 앞에 앉았다. 수업이 시작되려면 여유가 조금 있었다.

머쓱하게 눈앞 이젤의 모양을 관찰하고 강의실 내부를 두리번거리고 있을 때였다. 누군가 옆에 다가와 서는가 싶더니, 곧이어 내 어깨를 건드렸다. 고개를 돌려 올려 보았다. 낯선 이가 해사한 미소를 지으며 서 있었다.

"저기…. 전자공학과 맞죠?"
"네? 어떻게?"
"아, 나 전자공학과 선배인데…."
"네? 아…. 안녕하세…요."

적당히 큰 키, 검게 짙은 눈썹, 투명하고 맑은 피부, 이목구비마저 정교히 잘 다듬어진 얼굴.

'아니, 우리 과에 이런 선배가 있었다고? 왜 내가 여태 몰랐지?'

탐미적 정신으로 주변 미녀와 미남은 빠짐없이 리스트업해 두는 내게 그는 완전한 뉴페이스였다.

"근데, 선배는 한 번도 본 적 없는 것 같아요."

내 말에 자신의 신분을 의심받는다 싶었는지, 굳이 선배들과 교수님 이름, 전공과목까지 언급하며 자신이 같은 과 선배임을 확인시켰다.

그는 여타 공대 남학생들과 확연히 다른 분위기였다. 정갈하고 세련된 옷매무새에 나긋하고 다정한 말투로 몸짓마저 섬세하고 부드러웠다. 내게 다가와 말을 걸 때에도 쭈뼛거림이나 어색함 없이 물 흐르듯 자연스러웠다. 어설프게 목에 힘을 주고 거친 남성을 연기하거나 다소 느물대거나 유들거리거나 연신 쑥스러워하는 등의 선배들만 보아왔던 내겐 상큼한 충격으로 다가왔다. 무엇보다 그 영롱하고 낭만적인 눈빛이라니.

그는 수업 때마다 내게 다가와 인사를 건네었고 때론 음료 캔을 가만히 건네오기도 했다. 자연스레 그와 이런저런 얘기를 나누게 되었다. 그와 대화를 나눌 때면, 마치 어디선가 잔잔하고 유려한 음악이 흘러나와 주변을 두르며 흐르는 것 같았다. 그렇다고 그를 이성으로 좋아한 건 아니었다. 나조차 완전히 이해되진 않지만, 분명히 그랬다. 그에게 설렘을 느낀 적이 없었다. 그를 대할 때의 내 감정은 기분 좋은 음악을 편안하게 듣는, 아름다운 그림을 가만히 들여다볼 때의 감상과 비슷했다.

일주일에 한 번 수업이 있었고, 그때마다 대화를 나누며 서로의 공통점을 발견하게 되었다. 그도 나처럼 어릴 때부터 미술을 하고 싶었으나, 부모님이 반대해 어쩔 수 없이 다른 선택을 하게 된 경우였다. 나는 집안 형편으로 포기가 강요되었고, 그는 남자다운 직업이 아니란 이유로 다른 선택이 강요되었다. 우리는 매번, 포기할 수밖에 없었던 오랜 꿈을 사이에 두고, 푸념을 통통 주고받으며 친근해져 갔다. 알고 보니, 그도 나처럼 건축공학과로의 전과를 염두에 두고 수업을 신청한 것이었다.

"와…. 나도 나도!"

오랜 꿈 외에는 서로에 대해 아는 것이 거의 없는 사이의 대화에는 잦은 추임새가 필요하다는 것도 알게 되었다. 미술학원 한번 못 다녀봤다는 공통의 푸념을 늘어놓으면서는 뭔가 좀 더 특별한 친밀함까지 얻을 수 있었다. 다 모아 압축해 봐야 한 움큼밖에 안 될 거리의 대화는, 한 학기 동안 반복의 반복을 거쳐 끈끈하고 짙어지고 있었다. 그와 나는 서로 편하게 대하며 마주 보고 기분 좋게 웃는 사이가 되었다.

학기가 마무리되고 있었다. 수업은 몇 가지 입체 석고 모형을 데생하는 과정으로 이루어졌고, 학생 간 실력은 아그리파로 넘어

오면서 뚜렷한 차이를 보이기 시작했다. 미대 소속의 강사도 학생들 옆에 서서 지도하고 문제점을 지적하는 일이 잦아졌다. 어느 날은, 강사가 그간 오지 않던 내 옆으로 와 잠시 지켜보더니,

"학생이 건축과 학생들보다 낫네. 제일 잘하네."

라며 나직이 말해주었다.

그날 수업이 끝나자마자, 그 영롱한 눈빛의 선배가 내 자리로 왔다. 강사의 말을 들은 것인지, 한참 내 스케치북을 가만히 들여다보았다. 그의 표정과 눈빛이 점점 낯선 색으로 변하고 있었다. 잠시 후, 내게서 한 발짝 떨어져 선 그는 영롱함일랑 싹 걷어버린 서늘한 눈으로 입을 열었다.

"너 왜 거짓말해?"

애써 누른 음성이었고, 노기가 서려 있었다.

"뭘요?"
"너 미술학원 한 번도 안 다녔다며? 학원 안 다니고 어떻게 이렇게 그려?"

또렷한 분노가 전해져 왔다. 궁금해서 물어보는 질문이나 확인차 묻는 물음이 아니었다. 그는 내게 묻는 대신, 다짜고짜 내 얼굴 위로 노여움을 끼얹었다. 그는 그렇게 제 말만 뱉어내고 홱 돌아서 강의실을 먼저 나가버렸다.

나는 너무 짧은 시간 벼락같이 벌어진 상황에 어안이 벙벙했다. 그의 행동이 무척 황당하고 경악스럽기까지 했다. 그 직후 그 사건에 대해 몇 번 생각을 거듭해 보았지만, 도무지 그를 이해할 수 없었다. 그렇게 해사한 미소와 맑은 표정으로 젠틀하고 다정하기까지 했던 사람의 그토록 어처구니없는 옹졸함이라니. 어쩐 일인지 그리 화는 나지 않았다. 단지, 다짜고짜 나를 거짓말쟁이로 몰아붙인 것에 짜증이 났다. 그건 범하지도 않은 죄 때문에 억울하게 내게 된 벌금 같았다. 그러다가, 어느 날부터 마치 남의 일처럼 덤덤해졌다.

그는 이후 종강 전 몇 번의 수업에서도 내게 시선조차 주지 않았다. 저만치 뒤쪽에 자리 잡고 앉았다가 수업이 끝나면 재빨리 강의실을 빠져나갔다. 그날 자신의 행동이 창피해서인지, 여전히 내게 화가 나 있는지 알 수 없었다. 나도 알 필요가 없었다. 영롱한 눈빛의 해사한 미남이면 뭣하냔 말이지, 쳇….

결혼 이야기

박혜윤

9번째 결혼기념일이다. 며칠 전 소소한 다툼으로 이날은 서로 애써 모른 척하며 당일이 지나갔다. 별일 아닌 다툼이 누적되다 보니 이제 별일 아닌 것으로도 싸우며 서로에게 타격을 가한다.

결혼 시기 포함 그 전후로 한 6년은 너무 행복해서 새사람이 된 줄 알았다. 밝고 맑은 기운으로 세례받고 새 인생을 사는가 싶었고 세상 모든 색에서 노래가 나온다는 그의 고백에 흠뻑 젖어 있었다. 하지만 동시에 내 안에 퍼 올릴 무언가가 사라진 느낌에 당혹스러운 것도 사실이었다. 바닥없는 깊고 어두운, 캄캄한 세계를 부유하던 내 발이 어딘가를 딛고 있는 느낌은 무언가 이상했고 알 수 없는 상실감에 슬퍼지기도 했다. 정신이상자들이 내담시 의사에게 가장 내밀하게 비치는 마음이 자신의 이상증이 사라질까 두렵다는 것이라 한다. 그것과 자신의 정체성이 그것과 단단히 결합되어 자기감*을 분리하지 못하는 두려움이라고, 광증이 사라지면 자신이 텅 비어버릴까 두려워 대개의 환자는 결국 치료를 거부한다고 한다.

하지만 치료라는 게 아무리 6년짜리라 했어도 끝이 정해진 단발성 이벤트였다. 삶은 살아가야 하고 아무리 좋은 사람이라 하더라도 살을 맞대고 가정 주변부에 일어나는 일들과 내부의 안에서 일어나는 숱한 '살기 위한' 일거리들을 처리하기 위해선 끊임없는 협상이 필요하다. 협상이란 건 곧 인격의 반쯤을 포기해야 하는 것이고 각자의 가치를 어디까지 내놓을 것인가 스스로와도 싸워야 하며, 결론은 당연히 쉽게 나지 않는다. 아이가 태어나고 맞는 행복의 수십만 배는 더한 불안과도 싸워야 하고, 자신의 두려움과 거하다 보면 상대는 자주 눈앞에서 사라지고 포개어줄 마음 따위 자주 남아있지 않으므로 너덜너덜한 상태를 그저 상대방이 안아주기만을 바라다보면, 또 얼마 없는 전투력 다 끌어와 상대를 비난하고 저주하는 소리에 몸을 싣게 된다. 그런 자잘한 다툼과 일처리와 협상과 육아에 지친 우리는 서로에게 생채기 그 자체가 되어있었다.

---

* 　자기감(Sense of self): 자기 자신에 대한 감정이나 생각, 프로이트는 '자아'와 '자기감'을 동일하게 사용했다.

머리로 바닥을 쓸고 있는 내게 한때의 환했던 얼굴을 보여준 것은 페이스북이었다. 옥수수 전분 드레스와 호접란 부케, 그리고 바닥에 가득한 초록 율마가 우리를 더욱더 환하게 만들어주었던 친환경 결혼식. 사진을 보며 가장 먼저 발견한 건 그의 머리색이었다. 이제는 검은 머리가 얼마 없어져 버린 그의 하얀 머리칼들과 잦아진 주름들, 그사이에 켜켜이 묻은 밥벌이의 흔적들과 빗나간 꿈들 사이에 놓인 거뭇한 얼굴 모양. 이어지는 이미지들 사이에서 어느새 들끓던 위장 속 열기는 식어있었다. 기념일이라고 사다 놓은 가장 쌌던 수선화 다발이 자꾸 노랗게 뭉개져 보이는 식탁에서 한참을 조용히 앉아 생각했다. 한때는 나의 치료제였고 구원이었던 사랑과 그 대상이 조용히 꺼져가는 것을 바라보는 세월 동안 내 사랑도 그렇게 완성되어 가고 있었구나…. 별 볼 일 없어지어 없어져 가는 나처럼, 그도 별 볼 일 없는 불쌍한 사람, 불쌍한 사람이었다. 그래, 우리의 측은지심이 우리를 길어올리고 있었구나.

결혼식 때 우리는 곡을 만들어 하객 앞에서 또 서로를 향해 노래했었다. 그가 나에게 주었던 편지의 구절들에서 발췌해 가사를 썼었다. 지금은 기억에만 남은 몇 구절을 꺼내어 적는다.

어느 날 꿈처럼 다가온 그대여, 세상의 모든 색이 노래를 하네요.

이 사랑을 알려준 그대, 내 사랑 그대여

주어도 주어도 모자란 그대여 내 작은 온기를 주오.

봄 같은 그대여 이 내 손을 놓지 마오. 재 같은 겨울이 다가와도.

울지 않는다

홍소영

3평 남짓의 드레스룸 구석에 쪼그리고 앉아 티셔츠를 올리고, 먼저 왼쪽 가슴에 유축기를 갖다 댄다. 시간이 없어. P가 욕실에서 나오기 전에 이걸 끝내야 해. 벽시계의 초침 소리가 나를 압박한다. 째깍, 째깍, 째깍, 째깍…. 잠깐, 저건 무소음 벽시계인데? 째깍째깍, 그리고 덜컥, 문이 열린다.

가끔 찾아오는 이 꿈은 늘 저 장면에서 끝난다. 그다음 장면을 내가 거부하기 때문에 이어지지 않는 것도 같고. 그렇다면 꿈은 착한 놈이다. 유년의 편 가르기 '착한 놈 나쁜 놈' 중 너는 착한 놈, 그러니까 우리 편.

임신한 아내를 두고 외도 중인 남편들에게 고하나니,

"들킬 거면 출산 후에 들켜라."

구청에서 빌려준다는 유축기, 모유를 빨아들이는 깔때기가 달린 기구를 예약하고 얼마 지나지 않아서, 세월호의 슬픔에 잠겨 있던 즈음이었다. P의 어린 내연녀를 알았다. 죄스럽게도 세월호가 들리지도 보이지도 않았다.

5월 한 달간 소림이(딸의 태명)가 내 배를 얼마나 자주, 세게 찼는지 모른다. 종일 울고 있는 엄마를 위로하는 건지 같이 우는 건지 모를 소림이의 발차기에 내 배는 꿀렁꿀렁 춤을 추고 있었다. 춤추는 배와 혼자만의 비밀을 감싸 안고 눈물을 뚝뚝 흘리는 임신부의 모습이란. 자기 연민은 보잘것없으나 지금 떠올려도 그 모습은 딱하다.

6월 5일, 사라진 태풍처럼 출산 의지가 한순간 소멸했고 토라진 자궁은 문을 열지 않았다. 제왕절개를 하고, 조리원에서 2주를 보내고(새벽마다 풍겨오는 미역국 냄새에 토할 뻔했던 그 2주, 끔찍한 시간이었다. 이게 다 출산 전에 그 사실을 알았기 때문이다), 집으로 돌아왔다.

나는 처음부터 젖을 물리지 못했다. 아기는 엄마 젖을 물었다가도 바로 놓치기 일쑤였다. 아기는 그럴 수 있다 해도 엄마라면 시도를 더 해봐야 할 텐데. 모성의 신화 따위 발동하지 않았던 나는 무표정으로 그 모습을 지켜보다가 분유로 노선을 갈아탔다. 망설이지 않았다.

그런데, 그래도, 조금이라도 모유를 먹이고 싶었다. 유축기가 필요했다.

이혼, 이혼, 이혼을 노래하며 갑자기 차가워진 남편, 그 옆에서 버티기가 힘들었다. 그러니까 그의 논리는 이것이었다. 너만 함구 하면 우린 계속 살 수 있었겠지만 네가 며칠 전 어머님께 발설했 으니 이젠 돌아올 수 없는 강을 건넜다, 는 기적의 논리. 이런 황 당한 말에도 나는 을처럼 굴었다. 신생아 돌보기에, 남편 말 못 듣 는 척하기에, 잠도 못 자고 나는 거의 죽음을 살고 있었다. 한순간 도 심장이 얌전히 뛴 적이 없었다.

그래도 유축은 해야 했다. 모유가…. 아기에게 좋다 하니까, 그 거라도.

P가 출근 준비를 위해 침실에서 나오는 소리, 욕실 문을 여는 소리가 들린다. 그가 샤워기를 틀었다. 어서 끝내야 해. 나는 옷 방 에 쭈그려 앉아 잽싸게 왼쪽 가슴에 유축기를 댔다. 쉬이익 쉬이 익 일정한 리듬의 압축 음이 들릴 때마다 상앗빛 모유가 똑, 똑, 때론 주루룩 우유병을 채운다. 이 정도면 됐나? 조금 더 나올 것 도 같은데. 아, 어떡해. 샤워 다 끝냈나 봐. 머리 말리는 시간밖에 못 버네.

아쉬웠지만 깔때기를 오른쪽 가슴으로 옮겼다. 아기 먹이려면 이것까지 해서 100mL는 채워야 하는데. 순간 발동한 모성인지

오기인지 모를 그 마음에 스스로 조금 놀라며 유축을 이어나갔다. 위이잉 드라이기 소리가 들린다. 20mL만 더 채우면 되는데 어서 어서 제발. 똑 똑 말고 주루룩을 원해. 오른쪽 가슴아! 힘을 내!

그때였다.

덜컥.

문이 열렸다.

"뭐 해?"

"유축하잖아."

"흐음."

흐음?

기분이, 기분이 엿 같았다.

나는 한 마리의 젖소, 눈앞의 냉혈인은 목장 입장료도 안 낸 주제에 젖소를 구경하고 있다. 수치스러웠다. 화도 났다. 더는 탐 닉의 대상이 아닌 자기 아이를 먹일 젖가슴일 뿐이었다. 동시에 눈앞에 스물다섯의 팽팽한 가슴을 뽐내는 그 여자의 환영이 눈 앞에 나타났다. 그녀는 P의 팔짱을 끼고선 나를 바라보며 웃고 있었다.

이혼의 주체가 나로 바뀐 순간이었다.

'유축'은 어린 가축이란 뜻이 되기도 한다. 언제까지나 어린 가축으로 살고 싶었던 나는 한 마리의 유축을 세상에 내보낸 후 어미가 되었다. 그 유축은 삼쌍둥이어서 나는 그들을 조심스레 분리했다. 나였던 유축을 독립시켰고, 딸 유축에게 모유를 짜 먹이는 데만 집중했다.

정정해야겠다. 순서가 바뀌었다.

어미는 딸에게 유축기로 짜낸 우유를 먹이는 데에만 여념하고 '나'에겐 눈길도 주지 않았다. 그러자 '나' 유축은 자기 무릎을 안고 모녀 옆에 앉아 젖 먹는 모습을 지켜보고, 지켜보고, 지켜보더니 그해 겨울 어느 아침…. 사라졌다.

밖은 추울 텐데….
눈물이 차올랐지만
울지 않았다.

당신 딸이 제 아이의 앞길을 망쳤어요

이은주

겨울이었다. 인천공항에서 회기역까지 단숨에 달려가 갓난아이를 안았다. 첫눈에 반했다.

아기를 낳기 전에 한마디도 상의하지 않았던 배신자 큰조카. 의자에 앉은 그녀의 뒤에서 머리를 감싸 안으며 눈물을 흘렸다. '너에겐 고민을 상담할 어른이 아무도, 정말 아무도 없었던 거니? 고모도, 할머니도, 다른 어떤 어른도.' 정신이 아득해졌다.

겨우내 후드티만 입고 앞주머니에는 화장품이 가득 들어 늘 캥거루 같던 큰조카에게서 아무 이상한 모습을 발견할 수 없었던 내가 환장할 정도로 싫었다.

그것도 모르고 큰조카의 남자친구가 집을 드나드는 것을 반겼었다. 그러니까 그들은 말할 기회를 찾고 있었던 거다. 새벽에 단 한 번 출근하는 내가 현관에서 신을 신자, "고모" 하고 불렀었다.

"응? 왜?"

"아니에요. 아무것도."

가족이 모두 잠들어있는 새벽에 자던 아이가 깨어나 불렀으면 할 말이 있었을 텐데 나는 왜 신발을 벗고 들어가 잠시 아이를 살피지 못했을까. 알았다고 해도 별다른 선택도 없었겠지만.

아이의 머리 위로 눈물을 뚝뚝 떨어뜨리다 큰조카의 남자친구인 준영이(가명)에게 물었다.

"네가 말하기 어려우면 내가 네 부모님께 전화해줄까?"

준영이가 끄덕였다. 일하다가 달려온 준영이 어머니와 병원 1층 찻집에서 마주 앉았다. 아무 말도 나오지 않았고 아이들에게 한 대 얻어맞은 기분이 들었다. 눈물을 흘리고 있는 나에게 사돈이 될 분은 사슴 같은 눈으로 나를 바라보며 이렇게 말했다.

"고모님도 마음이 여리시군요."

어디에 신혼 방을 차릴지 의논해야 했다. 그러나 아이들의 의견은 달랐다. 처음에는 아이를 낳으면 결혼할 수 있을 줄 알았다고 했었다. 그다음엔 잠도 못 자고 갓난아이를 돌보던 아이들이 자신들의 꿈이 있기에 아이를 돌볼 수가 없다고도 했다. 준영이의 부모님은 시간만 나면 준영이와 큰조카를 헤어지도록 설득을 하고 있는 것처럼 보였다.

"당신 딸이 제 아이의 앞길을 망쳤어요."

같은 여자인 준영이의 엄마 입에서 그 말을 들은 다음 날 나는 주민 센터에 가서 큰조카의 성을 따서 출생신고를 했다. 정명이는 우리 집에서는 귀한 아이였고, 사랑받기 위해 태어난 존재였다. 그들이 기저귀며 분윳값을 주지 않았다는 사실에 나는 분개했고, 돈이 없어도 이 문제에 대해서만큼은 양육자의 책임을 포기한 것이나 다름없다고 생각했다. 나는 또 듣지 말아야 할 준영이 아빠의 말도 준영이의 입을 통해 들었다.

"나중에 아기가 보고 싶으면 아버지가 양육권을 행사할 수 있으니까."

물론 괴로워하는 아들을 달래려던 수작이었겠지만, 사실 그 말을 입에 담는 순간 인간으로서 자격을 잃은 것이라고 생각했다.

나는 지금도 큰조카를 응원한다. 큰조카는 아버지가 알코올중독으로 입, 퇴원을 반복하면서 가장 많은 상처를 받았다. 부재중인 엄마로 인해 소소한 사랑을 잃었다. 내가 제일 두려워했던 것은 가족에게서 받은 상처를 극복하지 못하고 사회생활에서도 의욕을 잃는 것이었다. 그러나 그것은 기우였다. 그녀는 부지런히 이력서를 냈고, 자기소개서에는 '할머니가 키워주었고, 사랑하는 사람의 아기를 가졌지만, 지금은 혼자서 돌보고 있으니 뽑아만 준다면 정말 열심히 일하겠다'고 쓰기를 부끄러워하지 않았다. 자신의 정체성을 잡아가고 있는 것이다. 지금은 파견직에서 계약직으로, 그리고 올해는 정사원 심사를 받는다고 한다. 나는 큰조카가 회사에서 늦을 때면 정명이에게 이렇게 설명한다.

"엄마가 회사에서 아주 중요한 일을 해서 그래, 훌륭한 사람이기 때문에 늦는 거야."

이 말은 예전에 내가 어렸을 때 일하는 엄마를 그리워하면 이모나 할머니가 해주셨던 말과 비슷하다. 어쩌면 우리는 모두 엄마가 되기 서툰 엄마를 가졌는지도 모르겠다. 그런 엄마이기에 열심히 해도 아이들의 마음속 어딘가에는 곰보처럼 상처가 덧나있을지도 모르겠다. 확실한 건 나중에, 아주 나중에 그 모든 것을 이해할 나이가 되면 한줄기 투명한 눈물을 흘리면서 툴툴 털어내고, 서로 맛있는 음식을 나누어 먹으면 된다고 해주자.

경계를 흐리며, 선명해지는

한정선

제주의 햇살은 바람을 타고 온 바다의 영향으로 습기가 찬 듯이 느껴질 때가 많다. 여름이 가까워지면 쨍- 하고 볕이 내리쬐지만 눅눅하기도 해서 같은 기온에 비해 체감 온도는 높은 편이다. 겨울이 오면 불어오는 바람이 바다의 파도를 다 몰아오듯 더 거세어서 실제 기온과 비교해 추위를 더 느끼게 된다. 이렇듯 내게 있어 제주살이는 바람으로 느끼고 바람으로 생각하게 된다. 하지만 거기엔 언제나 물이 함께 있었다.

이곳에 비가 내리면 마치 수중에 노출된 듯해서 혹은 물속 생물이 된 듯 뻐끔거린다. 아가미가 생길 것 같다는 생각도 한다. 비내릴 때마다 허공을 더듬으면 손끝에 물기가 묻어날 듯했다. 비가 내려도 묵직한 바람이 불어서 수직과 사선보다는 수평에 가까운 비를 맞을 때가 많아서일지도 모르겠다. 지붕 아래 공간 속에서도 물기는 번지고 퍼져 나와 방울방울 지는 착각이 들었다. 문을 열면 바람은 물을 밀어 넣었다.

지난여름도 역시 볕은 강하게 꽂히는데 물기가 묻어나서 지상으로 내려오는 햇살의 날이 무뎌졌다. 대신 무뎌진 날로 퍼져나간 더위는 조금 더 크게 자리 잡아서, 몸에서 흐르는 것이 땀인지 공기 속 물인지 헷갈리는 것이다. 노동이 땀으로 증명된다면 제주에서는 조금 더 덤이 얹힌 채로 그 값이 치러질 것이란 생각도 들었다.

그러나 물속과 밖의 구별이 마치 바람뿐인 듯이 몽환적인 이 공간이 인간으로 인해, 오직 인간만으로 무너지고 있다. 그 현실을 지켜보는 것은 생각보다 고통스럽다. 동물들은 관광으로 고통받는다, 먹거리라든가 아니면 놀이라든가. 그리고 인간은 인권을 도외시한 노동으로 잠식당한다.

제주의 노동 시장은 가혹하다. 관광특구이다 보니 노동자의 권리는 보장받기 힘들고 낮게 측정된 인건비에 비해 집값은 높고 물가는 잔인하다. 삶의 현장은, 제주의 자연이 보여주는 이국적이고 낭만적인 아름다움과는 철저히 분리된, '헬조선'의 정점임을 새삼스레 깨닫게 된다. 마치 아가미와 꼬리를 잃어버린 인어들처럼 고통스럽게 삶의 현장을 걷는다. 하늘의 길을 내고 땅의 길을 내고 바다의 길을 내면서 정치는 얽히고 자본은 뒤섞여서 온통 상처와 고통으로 범벅이 되어간다.

오늘도 햇살은 눈부시고 바람은 바다를 만진 듯이 서늘한 물기를 담아낸다. 제주다운 아름다운 물바람은 설레면서도 그 속에 묻어나는 온갖 소음들과 냄새들은 투명하지 않아 슬프다. 이 끈적이는 물기를 담아 이토록 세차게 불어오는 바람을 맞으며 나도, 뭍의 사람들이 그러하듯 저 풍경들을 바라보며 낭만을 그려보고 싶다고 간절히 생각한다. 아니 우리 제주도민들도 이 아름다운 풍경을 누리고 품으며 낭만을 그려나갈 수 있어야 한다고 생각한다. 더는 경제적인 이유로, 경쟁이란 이름으로, 자본의 횡포에 소외되고 그 폭력을 감내해서는 안 된다.

한 해의 경계를 지나오며 섬의 경계를 바라본다. 다시 물기 가득하고 물과 땅이 구별되지 않는, 바람이 물속에서 자유로운, 그 속에서 꿈꾸듯 아름다울, 제주가 되었으면 좋겠다고 생각한다. 몇 해의 제주살이만으로도 이곳이 얼마나 망가지고 있는지 너무나 잘 보인다. 몽환도 환상도 경계의 흐림도 모두 오염되었다. 물기가 오염되고 바람이 오염되어서 제주는 얼룩지고 뭉친 슬픈 눈 같다. 관광과 현지의 경계가 흐려져 충혈된 슬픈 섬은, 그 눈으로 또다시 선명하게 폭력을 증언한다. 긴 세월, 관통해온 제주의 상처받은 삶, 살이를 정면으로 응시한다.

조신하지 못해서

허성애

그런 일을 처음 겪은 건 초등학교 6학년 때였다. 그 또래 열세 살 아이들이 보통 그랬듯이 아무렇지도 않은 반소매 티셔츠에, 요란할 것도 없는 청치마를 입고 버스에 올랐다. 뭔가 이상하다고 느꼈다. 붐비는 버스도 아닌데 내 뒤에 있는 사람이 지나치게 붙은 느낌이랄까. 요즘같이 SNS가 흔한 시대가 아니고, '젠더 감수성'이란 말도 없던 시절이다. 성교육이 웬 말이며, 그 무엇을 아예 잘 모르는 시절이었다. 나는 살짝 옆으로 자리를 옮겼다. 그런데도 계속 이상했다. 그다음부터는 가슴이 쿵쾅거리기 시작했다. 무서워서 차마 뒤돌아보지도 못하고 간신히 버티고 서있었다. 얼핏 짐작으로만 알겠다. 어떤 아저씨가 내 엉덩이에다가 그것을 비벼대고 있는 것이다. 그거, 잔뜩 딱딱해진 그거 말이다. 다리가 후들거렸다. 어떻게 해야 할지, 도망도 못 가고, 울지도 못하고 얼음처럼 굳어서 그저 벌벌 떨던 장면. 열세 살 여름이었다.

그 후로도 비슷한 경험들은 끊임없이 계속 이어졌다. 좌석버스에서 책가방을 껴안고 깜빡 잠이 들었는데, 스멀스멀 괴상한 느낌에 놀라 깨어 보니 또 그런 놈. 양복을 번듯하게 차려입은 옆자리 남자가 신문을 보는 척하면서 그 아래로 손으로 뻗어 내 허벅지를 뱀처럼 훑고 있었다. 버스 맨 뒷자리에서 바지를 홀렁 벗어재끼더니 미친 듯이 흔들어 대던 놈도 있었다. 전철에서, 골목에서, 공중전화부스에서, 화장실에서, 어디에나 그런 놈들은 있었고 마주칠 때마다 새로운 공포와 힘없는 분노에 휩싸였다.

그러니까 여자애가 말이야. 왜 그 시간에, 왜 거기를, 왜 그러고 다니느냐고. 그런 말들은 오랜 시간이 지났는데도 여전하다. 그러니까 이게 다 내 잘못인가? 참하고 조신하지 못해 그런 꼴들을 보고 살아왔다는 건가? 그런 거야? 그리 묻고 싶을 때가 많다. 그래 봤자 내 나이가 겨우 열셋, 열여섯, 열일곱, 열아홉이었는데 말이다.

가장 끔찍했던 기억은 따로 있다.

"교회를 옮겨줘. 너가 지금 다니는 교회에 내가 가는 게 난 싫어. 너는 이미 다 아는 사람들이잖아. 나만 모르는 사람들이고 나만 서먹할 것 같아. 나도 모르고 너도 모르는 새로운 곳으로 가자. 친구니까 그 정도는 해줄 수 있잖아?"

중3, 열여섯, 우정으로 먹고사는 나이다. 친구의 부탁을 거절할 수가 없었다. 지금으로선 상상하기 힘들지만, 문정동이 허허벌판이던 시절, 어떻게 찾아냈는지 그것이 더 신기할 정도로 조그마한 5층 건물 귀퉁이에 있던 작은 개척교회를 친구랑 같이 다니기로 했다. 몇 년 동안 다니던 멋진 교회, 햇빛에 반짝이던 예쁜 벽돌색 교회를 버리고 참으로 낯선, 허름한 개척교회를 새로 다니기 시작한 것은 그 또래만의 의리, 친구니까 우정, 아마 그 나이에 걸맞은 딱 그 정도였겠지.

예배당도 조그맣고 뭐 하나 제대로 된 것이 없었지만 크게 상관은 없었다. 교회를 다닌다는 것이 서걱거림을 넘어 알 수 없는 미묘한 불편함으로 점점 바뀌게 된 것은 정말이지 설명하기 힘든 그것이었다. 이상한 것, 설마 설마 하게 되는 것 말로 하기 힘든 어떤 것이었다.

바로 목사님이었다.

이.건.뭔.가.이.상.해.뭔.가.잘.못.된.거.같.아.

그동안 몇 번이고 내 몸을 지나치던 것들, 미묘하게 어깨나 옆구리나 엉덩이를 스치는 손, 악수할 때의 이상한 손놀림, 간단한 포옹이 아닌 것 같은 무엇, 가슴이 과하게 밀착되는 게 분명한 허

그. 목사님의 행동은 진짜 이상하기만 한 무엇이었다. 이런 생각을 하는 나는 얼마나 참하지 못하고 불경스러운 인간이냐. 한참 혼란스럽기도 했다.

부탁할 일이 있다면서 목사님은 어느 날 나를 불렀다. 교회에는 아무도 없었다. 일요일도 아니고 평일 오후다. 늘 계시던 사모님도 없이 조용한 교회다. 예배당도 아니고 사택, 그러니까 목사님 부부가 사는 살림집 거기로. 잠깐 안으로 들어오라는 그 말에 난 순간 주춤거렸다. 그리고 본능적으로 알아챘다 그. 무.엇.을.

거칠게 잡아끄는 손을 비틀어 빼면서도 소리 한 번을 크게 지르지 못했다. 그저 아니에요, 괜찮아요, 뒷걸음치며 버벅거리기만 했다. 마침내 손을 뿌리쳤을 때, 바로 홱 돌아서서 층계로 냅다 달렸다. 뛰어 내려오는 내내 다리가 마구 후들거렸다. 가슴이 벌벌 떨리고 미친 듯이 쿵쾅거렸다. 그날의 기억은 거기까지다. 나의 직감이 맞았는지 틀렸는지는 모르겠다. 그러나 가끔 세상에 나오는 이상한 성직자 관련 성범죄 뉴스를 볼 때마다 그날이 생각난다. 그 층계에서 후들거리던 다리로 간신히 달려 내려오던 내 고등학교 시절 어느 날.

여기저기에 나는 이미 신에게 죄 사함을 받았도. 이상스러운 회개를 똥처럼 쳐 싸지르는 인간들 이야기, 고통스럽고 내내 부대끼던 시간을 쥐어짜듯이 말하는 피해자들의 글이 때를 가리지 않고 지치는 법이 없이 일상처럼 올라온다. 어느 정당의 대표가 그렇고 그랬다더라. 그 얘기가 요즘 요란하다.

그런 일을 겪지 않은 여자가 있기는 있을까요? 누군가의 질문에 이번에도 역시 나는 열세 살 여름 시내버스의 첫 기억으로 거슬러 올라가 멈춘다.

위선은 영혼을 잠식한다

이의진

(특정 인물을 유추할 수 없도록 신분이나 개인정보 노출에 주의하여 이야기는 많은 부분 각색되어 있습니다. 특히 구체적인 지명 등은 바꾼 상태입니다.)

내가 알고 있던 K는 상당한 사회적 신분의 아버지 밑에서 컸다. 우리 사회에서 그 정도면 가히 상위 1% 안에 든다고 볼 수도 있는 집안이다. 문제는 사회적 지위와 인격이 항상 일치하는 건 아니라는 데 있다. 더하여 밖에서 누구에게나 보여주는 인자하고 여유 있으며 너그러운 미소가 내적인 수양에 기반하고 있는 게 아니라 다분히 자신의 평판을 유지하고자 하는 욕망에서 비롯된 경우, 가장 가까운 자들에게 보여주는 민낯은….

물론 K의 아버지는 주변에 인격자로 알려져 있었다. 높은 사회적 지위에도 불구하고 강자와 약자를 차별하지 않는 태도, 언제나 여유를 잃지 않는 너그러운 미소, 누군가의 비난에 직면해서도 함부로 상대를 맞받아 비난하지 않는 자세 덕분에 많은 이들이

고개를 주억거리며 이렇게 같이 인정했다.

"그만한 분 없어."

그러나 아버지가 퇴근하는 시간, 아버지가 집에 있는 시간이 K네 가족에겐 고통을 넘어서 지옥이었다고 한다. 폭력은 기본이었다. 사소한 거라도 잘못 걸리는 순간, 이미 유리그릇이나 거울, 밥공기 따위가 벽을 향해 날개를 펼쳤다. 화려하게 날개를 달고 날아간 그것들은 날아간 만큼 화려하게 제 몸을 산산조각으로 만들며 온 집안을 반짝거리는 빛으로 채웠다.

"참 신기해요. 그거 알아요? 돌이켜 생각해보면 공포 영화의 한 장면이 분명한데 이상하게 당시에는 비현실적인 느낌이거든요. 아, 저거 아버지가 유럽 여행 가셨다가 사 온 건데 나중에 또 우리 때문에 아끼던 거울 망가졌다고 한 번 더 두들겨 맞겠구나. 아버지 기분 안 좋은 날. 뭐 이런 식의 생각들이 두서없이 펼쳐져요. 눈앞에서 엄마가 맞는다고 남동생이 달려들어 악을 쓰다가 다시 두들겨 맞고 뒹구는 모습. 그걸 보면서 다음은 내 차례구나, 하며 바라보는 모습. 멍하니 그런 생각을 해요. 분노와 절망과 죽고 싶은 심정은 아주 뒤에 와요. 어느 정도 사태가 수습되고 나서요. 아버지는 아무 일 없었다는 듯 침대에서 코를 골며 자고, 엄마는 머리를 풀어헤친 채 꺽꺽거리며 울고 있고, 동생은 주먹으로 벽을 내리치며 욕을 하는 그때요.

그냥 뛰어내릴까. 세상 사람들은 우리 세 사람이 이렇게 사는 걸 아무도 모르잖아. 죽으면 알 수 있지 않을까."

같이 마시던 고급 수제 맥주가 목구멍에 걸려 내려가지 않고 또아리를 틀고 있다고 느껴지는 건, 홉의 뒷맛 때문은 아니었을 것이다. 그녀의 말을 듣는 내내 혀끝이 차게 식고 굳어서 아무 말도 할 수가 없었다.

"아버지는 때릴 때 엄마 입에 수건을 물렸어요. 소리 내지 말라고요. 혹시라도 이웃에서 소리를 듣고 자신이 집에서 아내를 패는 남자라는 걸 알게 될까 봐 두려웠던 거죠. 그러면 엄마는 고분고분 수건을 입에 물고 맞았어요. 엄마가 얼마나 이를 악물고 소리 내지 않으려 했는지 그것 때문에 잇몸과 이가 상해서 치과를 다닌 적도 있었지요.

고3 겨울이었어요. 대입 원서를 써야 하는데 아버지는 아버지가 원하는 학과로 원서를 쓰라고 했어요. 맞선 시장에서 비싼 값을 받을 수 있는 여자 전공으로. 아버지가 끔찍하게 무서웠지만,

그것만큼은 말을 들을 수가 없었어요. 그 전공으로 대학에 진학했다가는 학업을 끝마치지 못하리라는 걸 알고 있었어요. 아버지 몰래 담임 선생님과 상담해서 지금의 전공으로 대입 원서를 썼어요. 아버지는 뒤늦게 그 사실을 알았구요.

처음엔 당연히 주먹부터 날아왔지요. 나가떨어졌고, 정신이 혼미한 상태에서 아버지가 골프채를 뽑는 걸, 바닥에 널브러진 채, 머얼리 어디선가 아지랑이가 피어오르는 것처럼 뿌여스름한 시야 속에서 바라보고 있었어요. 엄마가 달려오다가 공중을 향해 가볍게 날아가는 골프채에 맞아 헉 소리를 내면서 앞으로 고꾸라졌어요. 주먹과 발길질이 이어지고, 부러진 골프채는 바닥을 뒹굴고. 너희들이 누구 덕분에 이 정도 권력을 누리면서 잘살고 있는 줄 아느냐는, 오조 오억 만 번쯤 들었던 아버지의 고함을 옆으로 흘리며, 이대로 죽는구나, 하며 정신을 잃었어요.

그런데 참 이상해요. 제가 잠을 이루지 못하고 정신과에서 처방받은 수면제와 안정제를 매일 한 주먹씩 털어 넣어야만 하는 건, 골프채에 맞고 뒹굴던 기억 때문만은 아니에요. 아, 그렇지요. 폭력. 끔찍하지요. 폭력은 육체보다 정신에 빗살무늬를 새겨요. 길게 주욱 주욱 그어진 그 금들은 조금만 건드리면 종국에는 심장까지 찢어서 피가 철철 솟구치게 할 것처럼 사람의 정신을 발광하게 만들어요. 그런데요, 이상한 게….

지금까지도 나를 잠 못 들게 하는 건 그다음 날 일어나지도 못하고 침대에 누워있던 내 귀로 흘러들어오던 아버지의 목소리에요. 아버지는 이른 아침 담임과 통화하고 있었어요. 부드럽고, 여유 있고, 느릿한 충청남도 특유의 말투로 사람 좋게 웃으면서요. 그 목소리를 듣고 있자니 지난밤 짐승처럼 맞고 뒹굴던 기억이 꿈이 아니었나 잠시 어리둥절한 기분마저 들었어요. 아버지는 웃으며 말을 이어갔어요.

'어이구, 선생님, 여러모로 애쓰시는 거 정말 감사합니다. 우리 K가 좀 예민하고 그래서요. 대입 스트레스 때문인지 요즘 몸 상태도 안 좋고 정신적으로도 많이 힘들어하네요. 어제 병원에 데리고 갔더니 주치의 선생님이 아무래도 일주일 정도는 집에서 좀 쉬게 하거나 공기 좋은 시골에 잠시 머물게 하는 게 어떠냐고 하십니다. 그럼요, 예, 예, 허허허. 너무 오냐 오냐 길렀더니 정신적으로는 많이 허약해요. 허허허.

선생님께서 이렇게 좋은 분이니 그래도 예민한 우리 K가 고3 일 년을 잘 견딘듯합니다. 그 은혜를 어찌 모르겠습니까. 허허허. 대입 시험 볼 때까지 어떻게든 컨디션 관리 잘해서 선생님께서 신경 써주신 은혜를 조금이라도 갚아야 할 텐데요. 허허허허.

아이고~ 그럼요. 필요한 서류는 애 엄마한테 말해서 빠짐없이 챙겨서 보내드리겠습니다. 그저 이렇게 배려해주시니 몸 둘 바를 모르겠습니다. 허허.'

어쩌면 여기는 현실 공간이 아닐지도 몰라, 사실은 잠깐 납치 되었다가 집에 돌아온 공주고 어제 골프채를 휘두른 사람은 다른 사람일 거야, 하고 생각하고 싶어졌어요. 설마 저 온화한 목소리 와 낮고 부드러운 웃음소리의 주인공이 으르렁거리며 엄마와 나 를 죽기 전까지 패던 그 사람과 같은 사람일 수 없어. 그때 전화를 끊은 아버지가 내 쪽으로 다가왔어요. 다시 몸이, 온몸이 석고를 들이부어 굳힌 것처럼 딱딱하게 굳어버리는 걸 느꼈어요. 내 정신 이나 기억, 의지와는 상관없이 몸이 알고 있는 거예요. 무자비하 고 잔인했던 전날 밤의 폭력을요. 아버지가 내 얼굴 가까이 다가 와 말했어요.

'지금 니 꼬라지 때문에 학교에 보낼 수가 없다, 멍이 다 가라 앉을 때까지 학교도 가지 말고 친구도 만나지 말아라, 이번에도 말을 안 듣고 어기면 그땐 정말 죽이는 수가 있다. 이 집안에서 먹 여 살리는 건 나 하나인데, 네 엄마도 너도 징그럽게 말을 안 듣 고, 뭐 하나 쓸모 있는 구석이 없구나.'

그때 알았어요. 누워있느라 거울을 보지 못했지만, 얼굴은 퉁퉁 붓고, 눈두덩에는 시퍼런 멍이 내려앉아 있고, 몸 여기저기에도 멍 자국이 반점처럼 덮여있다는 걸요. 스머프 나라의 공주처럼 파랗게 물들어 있구나, 하고 생각했어요. 지금 학교에 가면 누구라도 이상하게 보고 물어보겠지? 혹시 너의 나라는 스머프 왕국이니? 하구요. 아버지는 그런 상황을 미연에 막은 거지요. 사람 좋아 보이는 너털웃음과 함께요.

허허허, 허허허. 그 웃음소리가 귀를 울려요, 지금도요. 잠을 이루지 못하는 밤이면 징글 징글맞게 귀에 들러붙어 떨어지지 않고 울려대요. 쉴 새 없이요. '허허허, 허허허. 우리 애가 좀 예민해서요, 우리가 애를 너무 오냐오냐 길렀더니 정신은 한없이 약해서요.' 이 말들이 하나하나 살아서 내 귀를 울리다가 천장으로 날아올랐다가 다시 내 얼굴을 덮었다가 방안을 헤집고 돌아다니기 시작하면, 결국 소리를 지르지요. 그만해, 그만하라구, 그만.

이제 아버지는 은퇴했고 후광처럼 두르고 있던 권력과 지위는 물거품처럼 꺼졌어요. 얼마 전 약간의 치매 증상을 보이는 아버지를 어찌해야 하나 가족들하고 이야기하는 자리에서 생각했어요. 이쯤 해서 그만 용서하고 싶다. 아버지가 아니라 나를 위해서. 다 늙어 초라해진 한 남자를 계속 붙들고 매일 밤 함께 잠자리에 드는 건 이제 그만하고 싶다, 고 생각했어요. 아, 그런데요. 골프채가 날아다니던 건 그래도 어찌어찌 잊을 수 있을 거 같아요. 하지만 그 웃음소리는 잊을 수가 없어요. 가식과 위선으로 탱글탱글 윤기 있게 흘러나오던 그 웃음소리요. 지금은 가끔 헛소리해서 가족들 기함을 하게 만드는 초라한 늙은이, 그런데 전 아직도 그 껍데기 안에 가식과 위선으로 똘똘 뭉쳐진 그날의 목소리가 보여요. 게다가 그 목소리는 밤마다 저를 찾아오지요. 제 귓가에 끈적끈적 콜타르처럼 들러붙으면서요. 허허허, 허허허. 아, 지겨워, 지겨워, 지겨워서 미칠 거 같아."

약이 떨어져 병원 처방을 받고 돌아가는 길에 그녀는 나를 찾았다. 우리나라 최고의 수제 맥줏집에서, 우리나라 최고의 엘리트이면서 누가 봐도 뛰어난 사회적 지위를 누리고 있는 그녀는 두툼한 약 봉투가 삐져나와 있는 최고급 가방에서 지갑을 꺼내 내가 말릴 틈도 없이 먼저 계산을 마쳤다. 나는 구태여 배웅하지 않고 위태롭게 걸어가는 그녀의 뒷모습을 바라보기만 했다.

막 계산을 마친 그녀가 나를 돌아봤다.

"내가 왜 언니를 부러워하는 줄 알아요? 남들 보기에 내가 언니보다 훨씬 더 뛰어나 보일 텐데 말이에요. 이상하게 언니는 전혀 상처받지 않은 표정을 하고 살아가요. 정말 이상해. 언니도 분명 상처가 많은 사람인데, 언니를 보고 있으면 상처라고는 한 번도 받지 않았던 사람처럼 말갛게 사람을 쳐다봐요. 그래서 예전부터 언니를 부러워했어."

'언니는…. 위선이라는 놈과 맞대면한 적이 없었던 건가?'라는 질문에, 다음에는 내가 마주한 위선(僞善)의 민낯을 털어놓겠노라고 약속했다. 때로 직접적인 폭력이나 증오보다 오랜 시간 삶을 병들게 하는 그, 느닷없이 마주친 위선의 민낯을. 그리고 그녀가 그날 밤은 편히 잠들 수 있기를, 하루쯤 끔찍한 기억 속의 목소리가 찾아오지 않는 밤이 되기를 기도했다.

플라스틱 서저리 파라다이스

구경희

그녀의 매력적인 홑눈꺼풀이 아까워 눈물이 날 지경이었다. 진하게 자리 잡은 그녀의 쌍꺼풀이 원망스러웠다. 예고 입시를 치른 중3 학생이 눈에 쌍꺼풀을 만들고 왔다. 이럴 때는 두 개의 멘트를 꼭 해줘야 한다.

"어머!! 이게 누구야! 너무 어울린다. 정말 자연스럽다~!"
"붓기도 안 빠졌는데 이만큼이면 다음 주엔 더 예쁘겠어."

이미 수술까지 하고 왔으니

"하지 마라."
"자연스러움이 최고다."

같은 말은 꼰대짓일 뿐이다.

쌍꺼풀이야 애교다. 코를 깎고, 재수술하기도 한다. 지방 흡입을 하다가 생명을 잃었다는 경우도 종종 있었고 피해자가 이제 스물을 갓 넘긴 학생이라는 소식을 들을 때는 일면식도 없지만 마음이 아팠다. 성형 무서움의 끝판왕은 양악이다. 신사동 근처에서 뼈를 깎고 온 얼굴에 멍이 든 채 돌아다니는 사람들을 만날 때마다 흠칫 놀라곤 하는데 정작 당사자는 아무렇지도 않은 듯 행동해서 당황스럽다.

지하철 신사역과 강남역은 가능한 가고 싶지 않다. 강남역 약속은 어지간하면 하지 않는다. 정신을 쏙 빼는 복잡함도 끔찍하지만, 무엇보다 광고 간판들 때문이다. 커다란 성형외과 광고들. 비포, 애프터를 나란히 찍어 무차별적으로 사람들의 눈을 강탈하는 성형외과 광고들을 볼 때마다 소름이 끼친다.

친구 중에 쁘띠 시술부터 리프팅까지 별별 거를 다 하는 이가 있다. 어느 날 리프팅 시술을 하고 누워있다며 문병 오라고 몇 명을 불렀었다. 그때나 지금이나 "NO!"하는 데 젬병인 나는 겁을 내면서 병실을 찾아갔다. 리프팅이라고 해서 보톡스를 맞았나 보다 하고 갔더니 오 마이 갓뜨! 얼굴에 실을 넣고 당겼다나 뭐라나. 아무튼 얼굴이 풍선처럼 부어있었고, 얼굴에 뭔가를 넣었다는 말에 상상이 되어 속이 울렁거렸었다. 그녀는 육 개월마다 한 번씩 얼굴을 당긴다고 자랑스레 말했지만 나는 그냥 쭈그러진 채 살아야지, 굳게 결심했다.

'비포'와 '애프터'의 광고 사진들은 가볍다. 마치 요술봉 한번 가볍게 흔들어 뿅! 하면 비포가 애프터가 되는 듯 유혹적이다. 누가 봐도 비포는 대충 찍은 사진이고 애프터는 공들여 찍은 사진이다. 광고 사진들은 하나같이 높은 코와 큰 눈이 '옳은 것'이라고 소리치고 있다. 성형외과의 광고에 '개성' 따윈 존재하지 않는다.

광고에서 얘기하듯 큰 눈, 높은 코, 지방이 제거된 날씬한 몸. 이런 것들이 아름다움의 조건이라면, 나는 남은 생 내내 외모에 대한 열등의식을 떨치지 못할 것이다. 자본주의의 게걸스러움은 아름다움의 숭고함까지 삼키고 왜곡시켰다. 현대 우리 사회에서는 누구나 다 하얀 피부를 가지기를 원하고 누구나 다 높은 코를 가지기를 원한다. 그것이 아름답다고 정해졌기 때문이다.

거울을 들여다본다. 그들의 잣대대로라면 내 얼굴은 양심이 없는 상황이다. 리프팅도 필요하고 돌출 입도 거슬린다. 어느 의사는 내게 돌출 입을 수술하면 김태희 부럽지 않을 거라고 했다. 하지만 나는 '오래 보면 예쁜' 그런 얼굴이라며 거절했다.

장르는 다르지만, 대사는 비슷하다

허성애

"그거요, 그거 한 장 좀 써 주세요. 부탁합니다."

혹시 볼펜 있어요? 라던가, 화이트 잠깐 빌릴 수 있을까요? 정도의 가벼운 말투였다. 나는 듣고 있던 내 귀를 의심했다. 마른하늘 소나기처럼 후드득 화가 쏟아졌다. 미쳤어요? 내가 그걸 왜 써줘요? 간단히 쏘아붙이는 말 뒤에는 사실 뱉지 않은 몇 문장들이 더 있었다. '야! 이 천하의 나쁜 XX아, 이 XXX야, 쳐 돌았냐? 그런 걸 지금 내 앞에서 부탁이라고 하는 거야? 입 달렸다고 아무 말이나 지껄이는 거냐?'

A는 '사회, 정치'로 카테고리가 분류되는 모 카페의 회원이었다. 진보 성향이라는 카페들이 우르르 몰려다니면서 생겼다가 말았다가 쪼개졌다가 갈라섰다가 하던 시절이었다. 성당 오빠였고, 가톨릭 청년회 출신이었고, 신부님이 되기를 꿈꾸었던 그의 SNS에는 십자가 사진이나, 좋은 글귀, 성령 충만의 사진들이 가

득했다. 게시글은 적당히 정의롭고 적당히 평화스러웠던 것으로 기억한다. 뾰족한 점 없이 그저 평범하다고 생각했던 A를 놀라며 다시 보게 된 것은 그가 바로 '그 사건'의 주인공이었기 때문이다.

A는 어느 온라인 모임에서 만난 유부녀 B와 부적절한 관계를 이어가다 헤어졌다. 보통으로 사람들이 떠들기 좋아하는 불륜의 정석이랄까, 이혼남과 유부녀 커플이었다. 몇 년 동안 그 애틋한 정이 얼마나 깊었는지는 모를 일이다. 어느 날 B는 그만 만나자고 했지만 A는 선선하게 이별 통보를 받아들이지 못했다. 다시 만나 달라고 애원했고 결국 거절당했다. 그러자마자 바로 이어진 협박, 맨날 뉴스에 나오는 그놈들의 그 소리.

- 내가 가만 안 둬. 내가 너 인생 끝장내주마.
- 나한테 너와의 성관계 동영상 있어. 이래서 몰카*가 필요한 거야.
- 정신 똑바로 차리고 잘 생각해라.

그런데도 B는 다시 만나주지 않았고 A는 문제의 그 동영상을

---

* 한때 가해자의 입장의 몰카라는 말을 썼지만, 이제는 피해자 관점에서 불법 촬영이란 말을 쓴다.

B의 남편, 시어머니, 그리고 아이들 두 명에게 각각 전송한다. 그 아이들의 그 당시 나이가 초6, 중2였다. 이혼한 A에게도 전처가 키우고 있는 또래의 자식이 있었다는 건 별첨으로 해두자.

B는 세상에 없는 미친년, 더러운 년이 되고, 집안은 풍비박산이 났고 시어머니는 혼절하고, B의 남편은 A를 고소하고 아이들은 정신과 치료를 받으러 다니고, 어느 인터넷 뉴스 쪼가리 한 귀퉁이를 장식하고 재판을 받고. 그러다가 나에게까지 드디어, 그 얘기 들었어? 그 뉴스 못 봤어? 그 인간이 너희 카페 회원이라며? 이런 소리로 날아들었다.

하다 하다 이제는 A를 위한 탄원서를 써 달라니, 이보세요, 이게 지금 말이 됩니까? 나는 최대한 감정을 누르면서 A의 친구라는 그에게 다시 물었다.

아시잖아요, A는 평소에 좋은 사람, 성실한 사람이었다고, 어쩌다 꽃뱀한테 걸려 욱하는 마음에 실수를 저질렀다고, 사실 그 여자도 잘못이잖아요? 유부녀가 그러면 안 되는 거죠. A의 나이 드신 어머님이 눈이 짓무르도록 우시더라. 그게 너무 불쌍해서 자기는 써주었다고 했다. 쓰거나 말거나 그건 각자의 몫이니까요, 카페 회원들에게 부탁한다고 공지글이라도 몇 줄 쓰면 안 될까요? 그렇게 묻는 그 입이 참 끔찍했더랬다.

무슨 생각으로 그런 질문들을 하는 걸까? 어찌하여 그리 팔랑 팔랑 가볍게, 차마 못 쓸 그런 탄원서를 부탁하는 걸까? 늙은 어머니 하나는 쓰러지고 정신을 놓아버렸고, 또 다른 늙은 어머니 하나는 자식을 위해 머리를 수그리고 몸을 조아리면서 탄원서를 받으러 다닌단다. 극한 범죄가 분명한 사실 앞에서도 이야기는 자꾸 이상하게 흘렀다. 좋은 게 좋은 거지. 어차피 이렇게 된 거, 한 번만 봐줘요. 이런 무정한 말들이 나는 참 싫고도 무섭다. 장르는 다르지만, 매번 대사는 비슷하다. 같은 사연들 앞에 엇비슷한 문장들로 부패하여 쓰린 목구멍으로 다시 넘어온다.

A는 형을 마치고 곧 출소한다. 나는 그 소식을 들으면서 몇 년 전 그날처럼 두드러기 같은 붉은 화가 돋았다. 벌써? 4년이라는 세월이 이리 짧았나? 이어서 어쩌면 그곳에 평생 갇혀서, 출소하는 날이 없이 살아갈지도 모르는 그 사건의 피해자, 그녀의 보이지 않은 감옥을 어설프게 가늠하여 본다.

시간의 나이테

김지혜

몇 년째 브래지어 없이 지내고 있다. 가끔 스포츠 브래지어를 할 때도 있지만, 내가 가지고 있는 것은 두꺼운 패드가 없는 것이다. 그래서 착용하지 않은 것과 별반 다를 바 없는, 존재감 없는 브래지어이다.

예전의 나는 브래지어를 하지 않는다는 걸 생각조차 해 본 적이 없었다. 외출할 때는 물론이고, 심지어 잘 때도 브래지어를 착용했다. 하지 않아도 된다, 는 생각 자체를 해 본 적이 없었기 때문이다. 마치 내 몸의 일부분이라도 되는 듯 나는 늘 브래지어를 착용했다. 잠시 브래지어를 착용하지 않았던 때가 있기는 있었다. 서른 중반, 만삭이었던 한여름, 출산을 앞두고 부풀어 오른 가슴으로 인해 숨쉬기도 힘들어 한동안 브래지어를 하지 않은 채 임부복을 입고 지낸 날들이 많았다.

뱃속에 다른 생명을 잉태한다는 건 특별하고 행복한 일이었지만, 내 몸이 내 몸이 아닌 것 같은 특이한 경험이었다. 내 몸에 일어나는 모든 변화가 낯설고 당황스러웠던 시간이었다. 입덧으로 어쩌다 한두 숟갈 떠먹은 밥이나 국수, 한 입 베어먹은 빵조차 고스란히 토해내었다. 음식은커녕 물도 마시지 못하고 지내던 나는 결국 병원에서 링거를 맞으며 버텼고, 긴 시간 시체처럼 누워만 있었다. 다행히 임신 중반기에 접어들면서 입덧은 그쳤지만, 그렇다고 몸의 변화가 멈춘 것은 아니었다. 하루하루 불러오는 배로 눕는 것도 걷기도 쉽지 않았지만, 툭툭 갈라지는 복부에 피부 트러블을 겪기도 했다. 임신 전에 임신과 육아에 관한 서적을 찾아 읽었지만, 이론과 실전은 달랐다. 모든 것이 내게는 그저 낯설기만 했다.

아이를 낳고 15개월 모유 수유를 한 후, 임신 기간과는 또 다른 내 몸의 변화와 마주해야 했다. 젖이 차올랐다가 빠지고, 다시 차올랐다 빠지는 일이 15개월 동안 반복되고 난 후의 내 가슴은 예전과는 확연히 달라져 있었다. 탄력도 없어졌고, 처졌으며 사이즈도 줄어들었다. 브래지어를 하지 않은 내 가슴을 본 엄마는 당황한 얼굴로 말했다.

"아이고, 할머니 가슴 같다. 얼른 브라자 해라."

그렇게까지 흉측해 보이는 건가? 샤워하고 거울 앞에 설 때면 엄마의 놀란 표정이 종종 떠오르곤 했다. 꼭꼭 숨겨져야 할 것이 만천하에 드러나서 어쩔 줄 모르는 사람 같았다. 생각해보면 엄마만 그런 것은 아니었다. 샤워 후 거울 앞에 서면 나도 모르게 미간이 찌푸려졌다. 모유 수유로 처진 가슴을 보는 일이 행복하지 않았다. 얼굴 밑으로 시선을 내리지 않았고, 다시 두꺼운 천과 철삿줄이 들어간 브래지어를 착용했다. 가슴을 고정하는 와이어가 처진 가슴을 예전처럼 만들어줄지는 알 수 없었지만, 브래지어와 옷으로 봉긋 올린 듯한 모양새를 연출할 수는 있었다. 그렇게 꾸며진 가슴선을 봐야 안도가 되었다.

브래지어와 봉긋한 가슴에 대한 오랜 강박관념이 없어진 것은 독일에 온 뒤부터다. 브래지어를 하지 않는 여자들이 적지 않았다. 얇은 옷을 입을 수밖에 없는 여름철도 브래지어는 이곳 사회에서 선택사항이다. 브래지어를 하지 않는다고 누가 문란하다고 평가하지도 않고, 처진 가슴이라고 비웃거나 흉측하다고 여기는 사람도 없다.

몇 년 전 일하던 트리어 발도르프 학교에서는 교사들 역시 브래지어에서 자유로웠다. 민소매옷에 브래지어를 하지 않고 수업을 하는 교사를 이상하게 보는 사람이 없었다. 오랜 시간 브래지어와 철삿줄로 가슴을 꽁꽁 싸매며 살아온 내게 이곳의 분위기가 처음엔 솔직히 충격적이었다. 유두가 선명하게 드러난 민소매 옷을 입은 사람과 만나 이야기할 때면 시선을 어디에 두어야 할지 곤혹스럽기도 했다.

하지만 시간이 흐르면서 이곳 사회의 문화에 조금씩 적응하게 되었다. 내 몸도 타인의 몸도 그저 '몸'일 뿐이라는 생각, 가슴과 유두도 손이나 발, 얼굴처럼 신체 일부분으로 취급될 뿐 다른 의미를 부여하지 않는 이곳의 분위기에 편안함을 느꼈다. 두꺼운 천과 철사로 가슴을 얽어매어서 가슴을 꾸며야 할 것 같은 강박 관념은 사라지고, 자연스럽게 처진 가슴선의 아름다움에 눈뜨게 되었다. 가슴골이 살짝 드러나는 옷에 드러나는 자연스런 가슴선이 얼마나 아름다운지 이제는 안다. 얼굴의 주름처럼 가슴 역시 시간의 나이테처럼 우아한 곡선으로 아름다움을 뽐낸다는 것을 말이다.

임신과 출산에 이어 노화의 과정으로 접어든 내 몸의 변화는 아직 여전히 진행 중이다. 가슴도 처지고 무릎 위 살도 처지고, 얼굴의 주름도 나날이 늘어간다. 입기가 망설여졌던 짧은 원피스를 꺼내어 노브라로 입었다. 거울 속에는 젊은 날의 나와는 다른 내가 서 있다. 내 몸에 새겨지고 있는 아름다운 곡선의 나이테를 반겨주고 싶다.

의외로 이상하게

김소애

대학 신입생으로 가진 첫 교양수업의 첫 시간이었다. 과목의 타이틀은 '인간과 소외'였다. 40대 초반으로 보이는 남자 교수는 시간에 맞춰 마이크를 들었다. 학생 수도 많았고 마이크 필수 규모의 강의실이었다.

"이 수업은 공대 학생들만 대상인데 여학생이 몇 보이네요."

칠십여 명의 수강 인원 중 세 명만이 여학생인 상황이었는데, 그 몇을 번갈아 보며 꺼낸 첫마디였다. '의외로', '이상하게'까지 추가해 여학생의 존재 사실을 몇 번 더 언급하더니 갑자기 내게 집중해 말을 이었다.

"여학생이 공대에 가는 건 일반적이지 않은데 궁금하네요. 왜 공대를 선택했는지. 무슨 과에요?"

"전자공학과입니다."

모두가 나를 주시하니 얼굴이 빨개져 버렸다.

"전자공학이라니 더 의외네요. 화학공학이나 재료공학도 아니고. 학생 앞에 나와서 말 좀 해봐요. 왜 전자공학과를 가려고 했는지."

그는 말을 마치며 마이크 잡은 손을 내 쪽으로 뻗는다.

나는 하는 수 없이 어그적 일어서야 했고 예상치 못한 상황에 놀란 다리로 낯선, 칠십 명 앞으로 걸어 나갔다. 화끈거리는 얼굴을 들키지 않으려 정면은 좀처럼 주시하지 못했다. 교수와 학생들에게 불안한 시선을 번갈아 돌렸고, 떨림을 누르느라 천천히 말을 해야 했다. 모깃소리였을 것이나 마이크가 있어 다행이었다.

"보통 다들… 대학을 지원할 때… 자기 기질과… 적성을 고려해… 학과를 선택하는 것처럼… 저도 그냥… 전자공학이 제 적성에 맞다 생각했을 뿐이거든요. 그런데, 그게 왜 의외이고 이상한 것이 되는지 저는 그게 너무 이해가 안 가고 더 이상한데요."

말을 마치며 물음을 하듯 고개 돌려 교수를 보았다. 교수는 수줍어 어쩔 줄 모르는 여학생의 '의외의' 발언에 놀란 듯했고, 당혹감이 얼굴에 역력했다. 어찌할 틈도 없이 학생들의 환호와 박수가 터져 나왔다.

"그렇게 말하니 더 특이하게 보이네요."

라는 나를 향한 그의 말은 강의실을 흔드는 박수 소리 속으로 부서져 흩어졌다.

이후 그 사건은 하나의 에피소드가 되어 여러 타 과에서 회자되었다고 한다. 다른 과의 친구에게서 들었다며 동기들이 말을 전했다. 나는 그 수업 후, 여전사 혹은 페미니스트로 종종 불리기도 했다. 내 입장에선 그저 보편의 상식을 말했을 뿐이라 그런 반응들도 이해 가지 않았다. 여고 3학년 말 진학 상담에서 적성에 맞춰 선택한 학과를 담임에게 말하고 들었던 첫 말은

"여자가 공대 가서 뭐 할라꼬? 니 공장장할끼가?"

였다. 그리곤, 여자답게 약대나 가라는 종용이 뒤를 이었다.

페미니즘이니 성평등이니 이름 지어진 것들이 사실은, 그저

'보편의 상식' 이상도 이하도 아님을 모르는 사람들이 '이상하게' 90년대 초반인 그 시절에는 무척 많았다. 그로부터 거의 삼십 년이 흐른 현재는 그때와 얼마나 달라졌을까? 누구에게나 일반적으로 통용되어야 할 보편의 상식이 '이상하게'와 '의외로'의 허들을 지금은 넘었을까?

교양 첫 수업의 기억은 내게 사회 진보의 비교지점 중 하나로 여전히 남아있다.

내가, 조선의 기사다

이의진

얼마 전 늘 가던 어떤 장소에 차를 주차하려고 할 때였다. 늘 가던 장소, 늘 주차하던 공간이다. 주차할 때 사이드미러 다 접고 살금살금 뒤로 들어가야 할 만큼 아주 좁다. 특히나 각도를 트는 곳에 가로수까지 버티고 있어서 주차 난이도로 치면 특특상에 해당하는 지점. 핸들을 미묘하게 꺾어가면서 주차를 시도하는 찰나, 낯선 아저씨 한 분이 들떠서 신나게 떠드는 목소리가 들렸다. "어이~ 어이~ 핸들 살짝 틀고, 아, 아, 조금만 더~! 아니, 아니, 약간~ 오른쪽으로 더, 더!"

살면서 나보다 운전 잘하는 남자는 딱 두 명 봤다(그 둘이 누구인지는 묻지 마라). 아, 남편은 제외다. 면허도 없는 사람이니 말이다.

'김여사'니 뭐니, 여자들 운전 실력을 우습게 보고 폄훼하는 표현을 많이 솔직히 인정 못 하겠다. 그러니까 나란 인간이 운전을 상당히 잘하는 편이라고 자부한다는 말이다. 운전을 잘하고 못

하는 게 어디 있느냐고 묻는다면 할 말 없지만, 최소한 출퇴근 운전을 비롯하여 고속도로, 골목길, 빙판길, 빗길, 폭우가 쏟아져 앞이 하나도 보이지 않는 길뿐만 아니라 깎아지른 듯 가파른 빙판길 운전까지 깡그리 다아 경험해보고, 그 어떤 길을 운전해보라고 해도 겁이 안 나는 수준이라면 소위 운전을 잘하는 편에 속한다고 말할 수 있지 않을까 싶다. 심지어 교대해주는 사람 하나 없이 하루 13시간 정도, 고작 한두 번 쉬면서 꼬박 운전하는 것마저 개의치 않는다면 최소한 운전을 겁내거나 버벅대는 사람은 아닐 것이다.

물론 내가 이 정도 경지까지 오르게 된 건 단순히 20년 넘는 운전 경력 때문만은 아니다. 시부모님과 남편을 포함한 총 여섯 식구 중에서 운전을 할 수 있는 유일한 사람이 나였기 때문에 얻게 된 능력이다. 눈물 없이는 밝히기 어렵다. 끔찍하게 막히는 고속도로를 7시간 정도 혼자 운전해서, 곧바로 다시 비슷한 시간을 오롯이 혼자 운전해 돌아와 본 사람만이 안다. 잠깐이라도 교대해 줄 사람 없이 해야만 하는 10시간 이상의 운전과 그래도 중간에 30분이라도 교대해주는 사람이 존재하는 운전이 가져다주는 차이를 말이다. 그런 세월을 참고 또 참고, 견디고 또 견뎌 오늘날 나의 뛰어난 운전 실력이 완성된 셈이다.

덕분에 지금은 운전하면서 차와 내가 혼연일체(渾然一體)가

되는 느낌을 자주 받는다. 내가 차인지, 아니면 차가 내 몸의 일부가 되어 나를 이끄는 건지 알 수 없는 경지, 나아가 마치 차의 바퀴는 내 다리가 되고 차의 헤드라이트는 내 발광체가 되는 경지는 쉽지 않은 경지다. 차가 우회전이나 좌회전을 할 때는 내 팔이 핸들을 돌리는 게 아니라 그저 내 몸의 더듬이로 방향을 잡아 트는 것과 같은 착각마저 들 때가 있다. 심지어 속도를 높이다가 일정 상태에 다다르게 되면 어느 순간 온전히 내 몸이 차와 하나가 되어 하늘을 날아오를 것만 같은 착각에 빠지기까지 한다. 이러다가 좀 더 지나면 카프카의 《변신》에 나오는 그레고르 잠자처럼 내가 자동차로 변신하게 되지나 않을까 같잖은 우려마저 하게 되는 게 지금의 내 운전 실력이 도달해 있는 경지라고 생각한 적도 있다.

차를 가지고 노는 것 중에서도 가장 즐거운 게 주차다. 좁은 구석, 도저히 차 한 대 들어갈까 의심스러운 자리에 기기묘묘(奇奇妙妙) 칼같이 주차하고 나면 뱃속에서부터 뿌듯함이 치밀어 오른다. 또 남들 어려워한다는 일자 주차를 벽에 회수권(이 용어 아는 사람은 연식이 좀 된 사람임) 한 장 들어갈 간격만 남기고 빠듯하게 붙여 주차하고 나면 심한 자뻑에 사로잡힌다. '나 정도 주차 가능한 사람, 찾기 힘들 걸~?' 하는 생각은 밥 안 먹어도 배부르게 만든다.

그런 내 앞에서 주차를 논하는 아저씨를 보며 설마 나보고 하는 말일까 싶어 신경 안 쓰고 다시 백미러를 보며 핸들을 돌리는 순간, 이 아저씨, 아예 내 차 뒷부분을 탁탁 치면서 본격적으로 훈수를 두기 시작한다. "핸들 왼쪽으로, 많이는 말고 조금만~!" 무시하려고 했다. 그냥 무시하고 평소의 내 방식대로 주차하려고 하는데 이 아저씨 아예 내 차가 틀려는 방향에 떠억 하니 버티고 서서 시야까지 가로막아가며 시끄럽게 떠든다.

"다시 핸들 오른쪽으로, 응? 오른쪽~!"

어쭈, 심지어 반말이네?

아, 순간, 정말이지 순간, 평소 만인으로부터 찬사를 듣는 나의 엘레강스하고 뷰티풀하며 그레이스한 우아함을 깡그리 잊고서, 더하여 평소 무언가 수심에 잠긴 듯 조용하게 짓는 미소와 살짝 흘려보내는 차분함을 망각하고서 화악~ 열 받음이 올라온 상태로 브레이크를 꽉 밟고 차를 세웠다. 그리고는 차 문을 벌컥 열고 내렸다. 나는 화가 나면 눈썹이 위로 올라간다. 더하여 남들보다 유난히 큰 검은 동자를 움직이지도 않은 채 상대를 똑바로 응시하는 습관이 있다. 그 상태 그대로 유지하면서 한 마디 한 마디 촤악 깔리는 저음의 목소리로 따박따박 말하기 시작했다.

"아저씨, 죄송하지만 시끄럽고 정신 사나워서 주차를 못 하겠어요. 여기 주차는 제가 늘 하던 곳이라 익숙해서 전혀 불편하지 않은 곳이에요. 차가 들어가려는 곳을 막고 있어서 주차를 방해하고 있는 건 오히려 아저씨입니다. 죄송하지만 좀 비켜 주셨으면 좋겠어요."

그랬더니 이 아저씨, 도리어 본인이 빡친 표정이다. 적반하장 나한테 뭐라고 말하고 싶은 것 같다. 들어봐야 내 기분만 상할 거 같아서 내 특유의 표정으로 틀어막기로 했다. 상대 얼굴을 뚫어지게 똑바로 쳐다봤다(라고 쓰고 '개무서운 표정으로 노려봤다'라고 읽는다). 그 아저씨, 뭐라고 말하려던 걸 꿀꺽 삼키는 것 같더니 결국 비실비실 다른 쪽으로 갔다. 나는 거칠게 차 문을 열고 다시 운전석에 앉았다. 좌측으로 15도 틀었다 우측으로 다시 25도 꺾고 하면서 평소에도 비좁았으나 그날은 더 비좁게 느껴지는 공간에 내 13년 된 중고차를 밀어 넣었다.

참 이상한 일이다. 어째서 일정 정도 나이를 먹은 남자분들 중에 유난히 가르치려 드는 분들이 종종 많이 보이는지 말이다. 특히 '운전'에 대해서만큼은 무조건 여자들 실력이 부족하다는 편견으로 달려든다. 내가 본인들보다 운전 실력이 없을 거라는 근거 없는 편견과 아집과 오만방자함은 당최 어디에서 온 걸까? 길게 말할 거 없다. 누가 가르쳐 달라 요청한 적 없는데 설레발치며 훈수 두려고 안달하는 사람을 가리켜 일명 '꼰대'라 명명한다. 어느 누구도 꼰대를 좋아할 사람은 없다. 명심할 일이다. 그날 주차를 마치고서, 고개를 살짝 외로 꼬면서 드라마의 한 장면처럼 이렇게 중얼거렸다.

"내가, 조선의 기사다."

'엄마를 지켜라' 프로젝트

한정선

우울증이 길고 오랜 세월 지속되었던 탓에 그것을 떨쳐내는 것이 어려울 만큼 내 몸과 이어진 이 병증은 곤혹스러웠다. 우울한 기분의 문제도 사람을 힘들게 했지만, 시도 때도 없이 찾아오는 무기력증도 곤혹스럽기는 마찬가지이다. 우울증이 깊어지면 아무것도 할 수 없음, 정지당함의 상태가 지속되고 이것은 잠도 식사도 모든 욕구에도 적용되었다. 자신을 일으켜 세울 '아무런 근거 없음'으로 인해 결과물인 내 상태는 바닥에서 바닥으로 내팽개쳐지는 일과가 반복된다는 의미였다. 따라서 내가 스스로 '엄마를 지켜라' 프로젝트를 설정하고 실행할 때는 이 지독한 우울증과의 싸움을 의미하는 것이기도 했다.

내 최선의, 최고의 적극성을 발현하여 맞서야만 했다. 대다수 사람에게도 어려운 가족 돌봄이라는 노동이 나에게만 결코 만만한 일일 리가 없었다. 특히나 병자의 돌봄이라니. 면역력 엉망이고 최약체의, 정신과 치료를 병행하는 나 같은 경우는 시도 자체가 미션 임파서블에 가까운 도전처럼 보였다. 그래서 내겐 일종의 '프로젝트'였다.

일과부터 세세히 짜두었다. 아침에 일어나면 물을 마시고 커피를 마시고 약을 먹었다. 잠시 지난 밤 SNS의 새로운 소식을 훑은 후에 E-Book을 켜서 책을 들었다. 지난해 수술 이후 여러 후유증이 있었지만, 시력이 매우 낮아지고 약해진 것이 데미지가 컸다. 또한 우울증으로 인해 집중력이 떨어지고 가끔은 약한 난독증일까 싶을 만큼 활자를 읽는 게 힘들어지곤 해서 차선책으로 찾은 것이 E-Book의 오디오 기능이었다. 눈을 감고 눈 운동을 하면서 천천히 기지개를 켜고 몸을 이완하면서 책을 들었다. 책을 들으면서 글 내용에 집중하려면 문학 쪽보다는 비문학 쪽이 개인적으로 마음에 들었다. 오전에 가장 취약한 몸이라 서두르지 않았다.

책을 듣고 몸과 정신이 깨어나는 듯하면 다음은 외국어 학습과 왼손 필사 등을 했다. 자꾸만 주저앉으려는 자신을 일깨우기에 외국어와 몸의 다양한 활용은 내게 도움이 되었다. 하지만 이 과정이 내게 무리가 된다 싶으면 과감히 생략해 버렸다. 물론 생략해 버린 경우가 너무 많아서 이걸 일과에 넣었다고 해야 할지 우습긴 하지만 결코 포기한 것은 아니라서 띄엄띄엄 이어나갈 수 있었다.

점심은 정성껏 차려 먹으려 애썼다. 애썼다는 것은 내 본위의 최선이라는 의미고 이는 근처 지역 마트에서 판매하는 반찬과 국 등을 사 와서 밥만 해서, 그러나 예쁜 식기에 담아 먹는 것을 의미했다. 가끔 두부를 굽거나 파스타를 해 먹을 때도 있지만 대부분의 경우 앞서 말한 대로 진행했다. 나는 나를 위해 먹거리를 만드는 에너지가 없고 그 의미를 잘 찾지 못한다. 이성적으로는 식사가 중요한 걸 알지만 사실 우울증이 찾아오면 폭식 아니면 절식으로 가장 먼저 나를 괴롭힐 만큼 의미부여 못 하는 장르이기도 하다. 그래서 오히려 도자기를 애써서 만들어 판매하는 곳을 찾아내어 대나무가 그려진 백자를 사서 국과 찌개를 뜨고 밥을 담아 먹었다. 내 최선의 정성은 여기까지이고 이건 내가 할 수 있는 최선의 집밥이었다. 집밥이 그나마 좋았지만, 식도락을 가장 먼저 폐기하는 입장에서의 최선이기 때문이란 걸 나는 왜 설득하려 하고 있는가.

그 후 일정은 설거지와 간단한 집 정리 그리고 커피를 마시고 달달한 후식을 먹으며 글을 쓰거나 쓴 글을 다시 읽어보는 시간이었다. 이 일정도 잘 지켜지는 것은 아니어서 글은 처음엔 1주일에 한 편 정도, 그다음은 2편 정도 써 내려갈 수 있었다. 낮은 에너지지만 그래도 글을 잘 쓸 수 있는 날에는 행복했다. 글을 쓰면서 내용의 깊이나 완성도와 상관없이 글을 쓰는 작업 자체가 즐거웠다. 순수한 기쁨을 발견하는 순간들이었기 때문에 아, 내가 이렇게 행복해도 되나 하며 자문하기도 하는 시간이었다. 두려울 만큼 행복한 시간이 글쓰기 시간이었다. 내가 이렇게 글 쓰는 걸 행복해하는지 지금껏 몰랐다. 몰랐다는 게 신기할 만큼 행복했다.

그 후는 쉬거나 놀다가 저녁을 먹었다. 저녁은 점심과 이어지는 과정이다. 대충 소분해 둔 냉동 밥을 데워서 냉장고를 털어서 먹었다. 어떻게든 먹는 것에 집중하고 라면이나 배달 음식 등은 멀리했다. 밥을 먹으면서 애니메이션이나 외국 드라마를 보았다. 외국어를 듣는 즐거움도 있고 다른 문화가 녹아든 다양한 영상 장르를 감상하는 것은 호기심이 많은 내겐 지루할 틈을 잘 주지 않아서 좋았다. 식사를 대충 마치고 나면 한 시간쯤 뒤에 운동을 시작했다. 빨기 걷기와 달리기를 1시간, 근력운동 30분, 요가 30분 정도 채워서 2시간 정도 운동을 했다.

그러니까 나는 이 문장을 쓰기 위해 여기까지 온 것이다.

'운동을 했다.'

살아가기 위한 최소한의 식사조차 전폐 욕구를 가진 사람이, 운동한다는 것의 의미를 알까? 나는 마치 이 시간을 위해 존재하는 것처럼 열심히 운동했다. 숨쉬기부터 방법을 바꿨고 걷기도 방법을 바꿨다. 처음 걸음마 하는 것처럼 의식해서 걸었고 숨쉬기를 학습하는 것처럼 집중해서 호흡했다. 동작은 천천히 정확하게 하려 했다. 간혹 달리다 보면 즐거워서 과도하게 달리기에 몰입할 것을 대비해서, 그래서 에너지를 다 써버릴 것에 대비해서, 1시간 정도의 외국 드라마를 보고 끝나면 멈추었다. 덤벨을 사고 매일매일 근골을 측정했다. 몸무게를 늘리되 근육을 만들어나갔다.

그 모든 이유엔 '엄마'가 있었다. 나는 엄마가 나를 돌봐왔던 그 수십 년의 세월을 털어서 엄마를 지키고 싶었다. 엄마는 뇌수술을 받아야 했다. 마침 질병으로 인해 퇴사 후 쉬고 있는 내가 엄마의 딸이었다. 다른 자식들은 다른 방식으로 엄마의 치유를 위해 최선을 다하겠지만 나는 엄마를 몸으로 지키고 싶었다. 돌봄으로 수행되어왔던 각자의 위치를 역전해서, 여태껏 아프거나 사고가 나거나 수술하는 등으로 인해 나이를 먹을 만큼 먹고도 엄마의 돌봄을 받아왔던 부끄러운 내가 엄마를 지켜야 한다는 최대의 목표가 설정된 것이다.

병원이나 마트를 다녀오는 잠깐의 외출에도 극도의 긴장과 불안을 경험하고 몸살이 나곤 하는 이 바스러질 것 같은 내 몸부터 살려야 하는데, 그 이유를 잘 찾지 못해서 무너지곤 했었는데 그런 나에게는 외적·내적 강제로서의 '엄마'가 중심에 놓였다. 누군가를 위해서, 나 자신에게조차 이렇게 장기적으로 최선을 다

한 적이 없었다. 참아내는 것 말고 적극적으로 나를 지켜서 곁의 사람을 지키는 방법에 대해 생각해본 적도 없었던 것 같았다.

엄마가 나를 지극히 사랑하는 마음을 그대로 되돌려 줄 수 없지만 내가 할 수 있는 최대치의 사랑을 엄마에게 돌려주려면 나는 살아있어야 했다. 그것도 제대로 살아있어야만 했다.

한 달 반 남짓한 이 프로젝트는 마지막 주에 엉망으로 꼬이기도 했지만 대체로 잘 지켜졌다. 정말 신기한 게, 눈치챘겠지만, 사랑하는 이를 지키겠다는 결심이 역설적이게도 나를 지켜내는 과정이었다는 것이다. 그리하여, 사랑은 참으로 사람을 살리는 일이라는 것을 보여주는 시간이었다. 나는 그걸 몰랐다. 사랑은 나를 지킴으로써 대상도 지켜질 수 있다는 단순한 진리를 진실로 몰랐다.

하여, 이제 나는 나를 놓을 수 없는 마음으로 나를 지킬 방도를 찾아낸 것이다. 내게 사랑이 구체적으로 형상화되는 것을 본다. 사랑하는 엄마는 수술이 잘 진행되었고 이마에 흉터로 고통의 흔적을 남겼다. 의사의 장담 그대로 예쁘게 집어주어서 홍조차 고운, 늙으신 엄마의 얼굴을 본다. 사랑의 위대함은, 결국 엄마가 내게 일생을 걸쳐 알려준 것과 다를 바 없음을 그 주름 하나하나로 되새긴다. 어쩌면 이 글을 쓰고도 다시 무기력증과 우울감에 쓰러질지도 모른다. 불안증이 엄습하고 수면장애로 고통받으며 낮은 에너지로 지쳐버릴지도 모른다. 하지만 적어도 일어나서 밥을 먹고 운동을 해서 내 몸을 지켜야 할 이유 정도는 갖게 된 것이다.

털털한 여자

오희승

SNS의 알고리즘이란 건 참으로 신기하다. 내 취향이었는지도 몰랐을 것들을 때로는 미리 제시하고 적중시킨다. 어느 날 유튜브가 나에게 알려준 연애 관련 영상은 나의 길티 플레져(guilty pleasure)가 되었다. 이 나이에 그런 이야기들은 아무 소용없지만 요즘 젊은 애들은 무슨 생각을 할까? 여전히 내가 어렸을 때랑 비슷할까? 궁금해져서 들여다보곤 한다. 눈살이 찌푸려지는 이상한 채널도 많지만, 가끔 통통 튀고 아직은 여물지 않은 청년의 미숙한 설렘과 기대, 호기심이 느껴지는 내용은 부담 없는 재미로 다가온다. 주로 사귀고 싶은 이성이 어떻게 생각할지를 궁금해하는 이야기인데, 그렇게 뜬 영상의 제목 중 하나가 〈여자 털에 대한 남자 생각〉이었다.

이 채널은 두 남자가 나와서 연애 관련 상담이나 남녀의 생각 차이를 이야기하는 방식으로 진행된다. 영상에 나오는 두 사람 외에 카메라 너머에서 목소리를 내는 진행자는 여성이다. 진행자는 구독자들이 그동안 털에 대한 질문을 많이 해서 이 주제를 다루게 되었다는 배경을 설명했다. 남자들이 신경을 쓰지 않는 여자의 털은, 팔의 털 같은 부분, 그리고 조심스럽게 '내로남불'일 수 있지만, 신경이 쓰이는 부분은 다리와 인중, 겨드랑이 같은 곳뿐이라고 했다.

"인중에 있는 털이 눈에 거슬리더니 그것만 계속 보이는 거예요."

아니 너무 예민한 거 아니야?! 하며 기분이 나빠졌는데, 진행하던 남자들 본인도 신경이 쓰이기 때문에 '털 조심'을 한다고 했다. 겨드랑이털이 신경 쓰여서 반소매를 입을 때에 조심하고 커플 왁싱도 받아보았다고 하니 완전히 '내로남불'만은 아니라서 불쾌했던 감정이 조금은 누그러들었다.

사실 제목부터 마음에 들지 않아서 우선 마음의 팔짱부터 끼고 봤던 것 같다. 여성의 몸에 대한 과도한 통제와 억압, 현대자본주의 사회에서의 소비의 장이 된 육체, 소아성애적 기호, 페티시즘 등 온갖 것들을 미리 떠올리며 비판적인 시선으로 보다가, 현실에서 느끼는 솔직한 감정에 조금 더 중점을 두고 봐야 하지 않을까 하며 살짝 입장을 유보했던 터였다. 오히려 예전보다는 여성이든 남성이든 몸과 자신의 취향에 대해 열린 대화를 나눌 수 있지 않을까? 그러면서도 조심스럽게 균형감을 찾아가면서 말하려는 태도가 긍정적인 면도 있었다. 몰래 음지에서 여자를 평가하고 이래라저래라하는 것보다 이렇게 드러내고 이야기를 해야 비판도 하고 공감도 하면서 사고가 확장되지 않을까?

털을 비롯한 우리 몸의 미적 기준은 자연적으로 발생한 것이 아닌 문화적 산물이다. 그 문화적인 기준이 점차 더 구체적이고 은밀한 부위까지 침입하고 있고, 그 기준에 도달하기 위해서는 시간과 돈을 소비할 수밖에 없다. 바바라 크루거의 작품 〈Your Body is a Battleground〉라는 1989년의 작품에 쓰인 문구가 떠오른다. 당시에는 이 작품이 낙태의 권리에 관한 투쟁, 여성의 몸에 대한 남성의 결정권에 대한 싸움의 메시지를 전달하는 것이었는데, 이제 우리의 몸은 자본의 '전쟁터(battleground)'가 된 것 같다는 생각이 든다.

그 전쟁은 좀 더 은밀하고 교묘하게 진행되는 것 같다. 조금 더 매력 있고 아름다워지기 위해서 얼마나 많은 것들을 투자하는가. '핑크택스'라 알려진 것처럼 동일한 성분과 효능을 지닌 물건이라도 여성의 것이 조금 더 비싸다. 평균 수입은 남성보다 더 적으면서, 더 비싼 물건들을 더 다양한 종류로 구매해야 한다는 압박감을 받고 살아간다. 이것이 장기간에 걸쳐 누적되면 자본의 축적에 있어서 유의미한 차이로 남게 된다. 털을 없애기 위해 아무래도 남성보다는 여성이 훨씬 더 많은 제품을 사용하고 시술을 받게 된다. 성적 매력을 부각하기 위해 하는 많은 행동이 그저 불편하고 고생스러운 것만이 아니라 그로 인해 남성보다 취약한 위치에 놓이게 된다.

공효진, 하정우가 출연한 〈러브픽션〉이라는 영화가 있다. 이 둘이 사귀면서 벌어지는 일들이 나오는데 희진(공효진)의 겨드랑이털을 본 순간 하정우가 깜짝 놀라며 주춤한다. 보통의 남자가 여성의 겨드랑이털이 수북한 것을 본 경험이 얼마나 있을까? 앞서 언급한 유튜브 채널의 청년들도 본 적이 없다고 했다. 다리털, 인중털을 보고도 소위 '깬다'고 하는데 영화에서 남자가 깜짝 놀라는 게 어쩌면 보편적인 반응일 수도 있다. 한 번도 보지 못한 여성의 야성성(?)을 보는 것이니까. 이에 희진은 "그래서 내가 싫어?" 하고 반문한다.

인간의 몸에는 내가 원하든 원하지 않든 DNA에 새겨진 자기 규칙이 있다. 내가 원하지 않는 곳에 수풀처럼 무성히 우거진 털들을 보면서 그것과 씨름하며 사랑받기 위해 자기학대를 하니 적당히 털도 기르고 털털하게 살면 안 되나 하는 생각이 든다. 영화로 돌아가 겨드랑이털을 보고 놀란 남자친구에게 실망하고 섭섭해진 희진을 달래려고 하정우는 이렇게 말한다.

"나는 모자도 털모자만 쓰고 만두도 털보 만두만 먹고 성격도 털털하단 소리 많이 들어. 그리고 TV도 디지털이야."

여성의 몸에 부과된 기존의 질서, 시대가 요구하는 미적 기준에 덜 민감하게 반응한다면 얼마나 편할까? 자유로울까? 생각해 본다. 탈코르셋 운동도 있지만, 솔직히 우리가 문화의 영향으로부터 완전히 벗어나 투쟁하기는 힘들다. 일상의 영역에서 좀 더 자유로울 수 있다면, 그리고 그런 태도가 점점 확대되어 보편적인 방식이 된다면 견고하던 기준이 살짝 흐트러지지 않을까 기대해 본다.

인디케이터

한숙

저는 학교에서 과학실무사로 일합니다. 화학 실험에는 '인디케이터'라는 것이 쓰이는데요. 특정 물질을 만나면 반응하여 색을 변하게 하는 시약을 그런 이름으로 부릅니다. 아이오딘(어린 시절에는 요오드라고 배운 것)을 한 방울 떨어뜨리면 녹말이 든 비커가 청남색으로 변하는 것이 그 예겠어요. 단백질을 검출하는 뷰렛 테스트나, 당을 검출하는 베네딕트 시약 같은 것도 있지요.

제 삶에 그런 인디케이터가 없던 시절, 저는 제 마음속 곳곳까지 잘 안다고 생각했습니다. '나는 후진 사고방식의 소유자가 아냐, 내 안에는 인종이나, 정체성에 대한 차별의식 같은 건 전혀 없어!' 그렇게 생각하며 살았습니다.

하지만 외국에서 오래 공부한 딸들과 이야기하면서, 저는 제 안에 미처 깨닫지 못했던 것들이 있음을 알게 되었습니다. 딸들은 무심결에 나오는 자기들 엄마의 말이나 표정, 심지어는 눈빛까지 때론 자분자분, 때론 놀라서 지적해주곤 했습니다. 아이들은 그간 다양한 사람과 만나고 헤어지면서, 외모나 피부색을 비롯한 정체성에 대해 사고와 감정을 예민하게 갈고 닦을 기회가 있었겠지요. 지금은 자연스럽게 그런 감수성을 갖고 엄마한테 이야기해줄 때도 된 것입니다. 그 아이들을 통해, 저는 제가 사실 제가 생각하는 그런 사람은 아니었음을, 가령 다른 인종이며 LGBT와 저 사이에 금을 그은 채 살아왔었음을 깨닫게 되었습니다.

아이들이 청소년기를 지날 때쯤, 어머니의 생각은 온통 아이들에게 쏠립니다. 특히 아이들이 나누는 인간관계에 대한 관심이 많지요. 아이들이 어떤 사람이랑 어울리고 다니는지, 무엇보다 애인은 누구인지 궁금하기 마련입니다. 그러면서 저는 생각했던 것입니다. '아이들이 흑인이랑 사귀어도 되는데 너무 시커먼 사람은 아니었음 좋겠다.' '징그럽고 요상하게 흰 사람은 아니었음 좋겠다.' 또는, '우리 애들이 만약에 동성애자라면 나는 딴 사람들의 혐오를 어떻게 견디지?' 같은. 그러다가 '그래도 내가 낳아 키운 내 자식 일인데 받아들이자.' 스스로를 위로하기도 했습니다. 일어나지도 않은 일을 미리 연습한 겁니다.

저 혼자였다면 저는 그런 저 자신의 생각을 결코 자각하지 못했을 것입니다. 아이들 덕분에 저는 제 안에 여전한 마음의 성분이 있음을 발견하게 되었습니다. 아이들이 그것을 검출하는 인디케이터 역할을 해주었던 것이지요.

이번에 방학 때 찾아온 아이들과 방학 때 한 달 좀 넘게 지내면서, 내 자신의 생각에 대한 생각에 사로잡히는 시간이 유독 길었습니다. 엎드리며 내 사고를 의심하고 묻고 또 묻고, 또 묻고 대답해보고 했지요. 그 과정에서 인종차별이나 성 정체성에 대한 저의 거리낌은 휘발해 갔습니다. 인디케이터처럼 예민해지려면 좀더 걸리겠지만, 딸들이 LGBT 친구 이야기를 할 때는 걸림 없이 즐겁게 듣습니다.

이제는 여행지에서 무지갯빛 깃발을 내건 집을 보면 좋은 사람이 살고 있을 것 같아 맘이 포근한 그런 사람이 되었습니다. 제가 나서서 나 이렇노라 하지는 못하지만, 그리고 대놓고 그분들과 연대하진 못하지만요. 하지만 그렇게 삶을 살아내던 이들이 생을 마감하는 소식을 들을 때면, 저리고 애통해서 힘이 듭니다.

셋,
불혹을 매혹으로 사는
슬기로운 언니 생활

"그래, 함께 가자. 네가 널 버릴 수 없다면 어찌하겠는가. 죽는 날까지 함께 가야 할 인연이 또 하나 늘었을 뿐, 그래, 이제부터 같이 가자, 고 결심하며 마음에 들지 않는 친구 하나 더 보태는 요즘이다."

할머니의 방식

허성애

반짝이는 햇살 속 먼지들 사이로, 유치원 교실 저편으로 들리던 소리. 숲속 마녀 할머니 같은 목소리들.

"요번 생일잔치 때 누구 엄마가 케이크를 하기로 했지요? 연구 수업 때 제일 가운데 세워요."

"아, A네 집? 지난번 가정방문 가보니 그나마 형편이 젤 낫더라고?"

"일단 병원놀이 세트 가져온 애들에게 먼저 의사 가운을 입혀요. 그 친구들이 의사고, 가운이 모자라면 간호사 모자를 주고요. 나머지 애들은 그냥 환자 역할 하라고 해."

일곱 살 유치원 시절의 나는 왜 그때 덥석 알아듣고 말았을까? 비밀스럽게 나누는 선생님들의 대화를 적당히 몰랐으면 더 행복하지 않았을까? 학예회 준비 발표가 있던 날, 집으로 돌아와

할머니 무릎에서 얼굴을 파묻고 한참을 펑펑 울었다.

"할머니, 흐흐흑, 내가 더 잘할 수 있는데 나는 아무것도 안 시켜줘요."

"나도 진짜 연극을 하고 싶어요."

"정말 내가 더 잘해요. 걔네들은 아무것도 못 하는데, 으으으형형형, 나도 공주드레스 입고 싶은데 으으으으형형…."

내가 맡은 역할이란 건 떼거지로 나와서 호로록 사라지고 마는, 지금으로 치자면 오프닝 공연 비스름한 것으로, 장르는 도라지타령인지 뭔지 암튼 그런 것, 시시하기 짝이 없는 것이었다. 욕심 많던 어린 나로서는 이해할 수가 없었다. 나는 한글도 다 읽고 쓸 줄 안다(사실 이게 무슨 상관이 있겠냐마는 암튼 그땐 그랬다). 공주님 목소리도 실감 나게 낼 줄 안다. 심지어 애들은 창피하다고 하기 싫다는데. 왜 하고 싶다는 나는 안 시켜준단 말인가. 왜 나에게 기회조차 주지 않는가? 말이다.

"할머니가 내일 한 번 선생님들한테 물어봐 줄게, 뚝! 울지 말고."

그래! 할머니가 내일 가면 다 해결되는 거야. 반드시 공주는 아니더라도 대사 몇 마디쯤 할 수 있게 될 거야. 다음날 할머니 손을 잡고 유치원으로 가는 길은 발걸음도 든든, 천군만마를 얻은 듯했다.

"아유~ 할머님~ 저희가요~"

"이게 다 준비하는 과정도 있고 그래요~"

"애들이 사실 다 공주 하고 싶어 하잖아요~"

"근데 아시다시피 전부 다 주인공 하고 그럴 수가 없지요~ 호호호~ 할머님! 그리고 이게 사실요~ 의상이며 무대며 그런 돈이 꽤 많이 들어요. 다 각자 개인 돈으로 준비하는 거예요."

"한다고 해도 비용이 만만치가 않으실 거예요. 성애가 맡은 거는 유치원에 단체 의상이 다 있는 거라 따로 뭘 구입하거나 돈을 추가로 내는 게 아니에요."

"댁에서 전혀 신경 안 쓰셔도 되는 거거든요."

원장실 밖에서 두근두근 몰래 듣고 있던 일곱 살의 나는 앞뒤 없이 딱 그 수준으로만 알아들었다.

'아, 그랬구나. 우리 집이 부자가 아니라서 그런 거였구나. 선

생님들이 잘사는 친구들만 공주를 시켜주는구나.'

그날인가 그다음 날인가 할머니는 나를 새마을시장 구석에 있는 얌전한 한복집에 데리고 갔다.

"맞춤으로 해주세요."
"어머나! 명절도 아닌데 할머니가 손녀딸 한복을 이리 요란하게 해주세요."

곁에 앉아있던 아줌마들의 들썩들썩한 호들갑에 입이 배시시 벌어진 나는 눈이 절로 반짝였다. 그리고 곧 내 눈보다 아마도 백배는 더 반짝이는 진분홍 공단을 골랐다

"그냥 막 찍는 금박이 그런 거 말고요, 고급스럽게 수를 놓아주세요. 어깨랑 소매, 치맛단에 풍성하게요."

학예회 당일, 단체로 빨강 초록 흥부네 아이들처럼 후줄근한 한복 입은 친구들 사이에서 나는 혼자 공주마마같이 봉황이 잔뜩 수놓아진 비단 한복을 입고 산나물 캐기 공연을 했다. 많이 난감해하는 선생님들과 정말 황당해하는 어머니들과 몹시 부러워하

는 친구들을 앞에 두고서.

　사실 모든 역할이 다 소중한 거다. 공주만 좋은 게 아니다, 옆에 있는 나무 역할을 하는 친구들도 하나하나 중요한 존재다. 각자의 자리에서 최선을 다하는 것이 옳다. 할머니는 그렇게 말씀을 하셨지…. 이렇게 이야기가 흘러가야 훈훈한 마무리겠지만 아쉽게도 나의 기억엔 그런 교훈적인 멘트는 한 마디도 없다. 나는 그저 그 한복이 참 좋았다.

당신의 이야기

김소애

결혼 전 반려인에게 들은 바와 같이 지금껏 내가 봐온 시아버지는 말수가 굉장히 적은 편이다. 목적이 분명한 말 외에는 거의 꺼내지 않다 보니 아버님의 의중을 살피려면 드러나는 표정에 신경을 써야 할 정도다.

그런 분이 어느 명절날 가족 식사를 마친 직후, 할 말이 있다는 공지와 함께 가족들 모두 각자 자리를 정해 앉게 하였다. "이야기가 길 것이다"라는 말씀을 시작으로 청자들로 하여금 마음의 대비까지 하게 했다. 그 후 두 시간이 넘는 이야기가 이어졌다. 그 무렵 아버님이 이따금 뱉는 단문들을 통해 짐작건대 당신 스스로 여분의 삶이 길지 않다 믿고 있는 듯했다. 이번 역시 그 믿음의 연장일 거라 짐작할 수 있었다.

이야기는 할아버님(시아버지의 아버지)의 청년 시절부터 시작되었다. 도입부에서 좀 지루한 듯했는데 어느 시점부터는 나도 모르게 이야기에 집중하고 있었다. 아버님의 이야기에서는 과장과 허풍이 좀체 느껴지지 않았다. 그러다 보니 사실적인 스토리로 여겨져 자연스레 몰입할 수 있었다. 내가 모르는 시절에 관한 상세한 배경 설명에 호기심마저 생겨났다. 어느 틈에는 불쑥 끼어들어 더 구체적 사실에 대해 질문하고 싶기도 했다. 그러나 아버님 특유의 차분한 목소리에 분위기마저 엄숙해 차마 실행하지는 못했다.

나로선 상상이 쉽지 않은 아버님의 중학교 시절, 할아버님이 운영하던 생업을 어린 아버님이 도우며 함께 고생했던 추억을 덤덤히 풀어 놓던 아버님은 어느 한 문장을 마무리하지 못한 채 몇 분간 말을 잇지 못했다. 나중에 반려인은 아버지가 스스로 고생했던 생각이 나 그러셨던 것 같다고 했지만, 내게는 아버님이 어린 시절 속 당신의 아버지를 그리워하는 감정이 왈칵 전해져 왔었다. 그 순간 나도 모르게 눈에 물이 쾅 고였다. 누구에게도 들키지 않으려 고개를 살짝 숙인 채 고인 물을 눈 밖으로 떨구지 않으려 애쓰느라 혼이 났다. 모두 조용히 듣고 있는 상황에 며느리 눈에서 눈물이 흘러 봐, 그 분위기를 어찌 수습할 것인가 말이야. 시도 때도 안 가리는 이놈의 감수성도 주책이지 하며 급히 허벅지를 꼬집어야 했다. 아무도 모르게 성공적으로 숨긴 줄 알았는데, 시간이 지난 후 반려인이 그 장면을 목격했노라 내게 말했다. 내가 그 대목에서 훌쩍일까 봐 반려인도 우려가 되었던 모양이었다.

너 나 할 것 없이 너무도 가난했던 시절, 아버님이 대학을 졸업하자마자 상당히 좋은 처우로 입사하게 되었다는 기업의 이야기가 내겐 가장 흥미로웠다. '한국유리'라니, 한창 산업화 시대 초입인 나라에서 유리라는 산업재가 상당히 많이 필요했겠다는 생각도 해봤다.

당시 가장 좋은 직장이라 할 수 있었다는 그 회사에 다닌 덕에, 부모님을 봉양하고 여럿 있는 동생들을 공부시키고 결혼시켜야 했던, 그 시대 장남의 버거운 책임을 비교적 제대로 해낼 수 있었노라 했다. 지금의 기업들보다도 직원들을 상당히 우대해주고 급여나 복지가 훌륭한 회사였던 터라, 당신의 가정도 나름 가난하지 않게 꾸릴 수 있었다고 했다. 직장을 다니며 받았던 혜택과 그로 인해 삶이 윤택해지기 시작했단 말을 강조하며, 당시 한국유리의 경영진에 대해 진정이 느껴지는 호의적 말씀을 길게할 때는 '아버님, 질문 있어요!' 하며 손들고 싶은 걸 또 간신히 참아야 했다.

'아버님이 받으셨던 훌륭한 복지혜택을 지금의 기업들도 직원들에게 줘야 하지 않을까요?'

'국가가 나서서 어려운 국민들에게 복지혜택을 나눠주려 노력하는 방향이 맞지 않습니까?'

'그런 건 빨갱이라서가 아니라, 올바른 국가가 나아가야 할 방향이지 않습니까?'

등의 질문을 하고 싶었다. 나야 이미 빨갱이 며느리로 아버님에게 낙인이 찍혀 있는 상황이고, 기왕 그리된 거 아버님과 또다시 설전을 벌일 적효한 기회로 보였다. 나름 나도 나이가 들며 판단과 분별이란 게 조금은 향상된 덕에 그 상황을 얌전히 넘길 수 있었지만 말이다.

당시 자유한국당의 굳건한 지지자였던 아버님은 진보정권의 복지 방향 정책들을 상당히 싫어했다. 특히 토지공개념의 세부 사항은 들여다볼 생각도 하지 않고 그 명칭의 표면만을 피상적으로 이해한 채 보수언론들의 억지적 논조를 그대로 학습하고 있었다. 늘 빨갱이에게 나라가 잠식당하고 있음에 불만이 컸고, 심지어 당시 정권이 북한과 손을 잡고 남한을 적화통일 시켜버리지 않을까 하는 지나친 걱정도 있다. 그 걱정과 우려는 진지하고 통렬해서 자식들은 그저 들어드릴 수밖에 없다. 나라 돌아가는 상황에 대해 자식들에게 각자의 의견을 묻고는 너희들도 나라 걱정해야 한다, 너희들이 뽑은 대통령이 나라를 말아먹고 있지를 않으냐 푸념을 하곤 한다.

맹목적이다 싶을 정도의 빨갱이를 향한 두려움과 당시의 정권을 무조건 매도하는 시각은 아버님의 역사와 깊은 관련이 있어 보인다. 전쟁을 실제로 겪은 세대만이 가질 수밖에 없는 내·외면의 상흔과 그에 따른 극렬한 공포와 트라우마를 나로선 짐작을 시도할 뿐이다. 재일교포들의 삶을 다룬 장편소설《파친코》로 미국 내 반향을 일으킨 한인 1.5세 미국 작가 이민진의 인터뷰 중 인상적인 내용이 있었다. 한국에서 중산층의 삶을 누리던 이민진의 가족이 미국으로 건너갔던 이유에 대한 것이었는데, 그의 아버지가 한반도 전쟁이 또다시 발발할 것에 대해 상시 두려움이 컸고 결국 가족 모두를 데리고 70년대에 이민을 감행했다는 것이다. 이민진의 아버지는 내 시아버지와 공교롭게도 나이가 같았고, 전쟁의 트라우마라는 것이 전쟁을 직접 겪은 이들에겐 얼마나 크고 깊은 것일지 조금은 짐작할 수 있었다.

게다가, 아버님이 나고 자라고 사회적 활동을 활발히 했던 시대의 세상과 현재의 세상 간의 복잡도와 변화 속도는 비교가 힘들 정도로 차이가 크질 않나. 아버님의 가치관과 세계관은 당신의 한창 시절에 몸소 '마음소' 겪은 경험들을 주재료로 만들어져 고착되었을 것이고, 당신의 아들과 며느리의 것들 또한 각자의 경험들을 주재료로 만들어져 견고를 거치며 완고를 향해 가고 있을 테다. 비교적 많은 공통의 것을 공유하는 한 집안에서조차 세대

간의 가치관과 세계관, 그리고 젠더관이 극명히 다를 수밖에 없는 건 세상의 속도 탓으로 일부 돌려야 마땅하지 않을까.

나와 세계관과 젠더관은 무척 다르지만 사실 아버님을 존경하는 면이 분명히 있다. 그날 아버님이 직접 읊어낸 긴 이야기를 들으며 그런 면이 제법 커졌다. 팔순을 넘은 연세에도 과장 없이, 허풍 없이, 흥분 없이, 분노 없이 당신의 인생을 차분한 어조로 그토록 담담히 풀어내는 그 모습을 보며, 나로선 감히 범접할 수 없는 차원 높은 경지를 느꼈다고 하겠다. 당신 스스로를 오랫동안 갈고닦아 온 고유한 기준과 아버님의 고고하고 탐미적인 성정까지 재차 확인할 수 있었고, 한 강인한 존재가 삶을 살아낸 인내와 결기에 감탄할 수밖에 없었다. 그날 아버님의 긴 이야기를 들을 때, 중간중간 반려인과 아버님을 번갈아 보곤 했다, 노년의 반려인이 그런 면모의 아버님을 닮아가길 바라는 마음으로.

당신들의 천국

이의진

일요일 오전에 받았다. 공손하다 못해 지나치게 조심스러운 말투에 처음엔 광고나 세일즈 전화인 줄 알았다. 그렇지 않아도 '과목별세부능력특기사항'을 129명 몽땅 작성하라는 지침 때문에 방학이고 뭐고, 일요일이고 뭐고, 새벽이고 뭐고 없이 속옷에 땀이 찰 정도로 노트북 앞에 앉아 자판을 두들겨대던 참이었다. 인상부터 썼다. 시간이 없으니 끊겠습니다, 수도 없이 해서 달달 붙은 말이 입술에서 막 흘러나오려는 찰나, 몇 월 며칠 몇 시에 어느 가게에 있지 않았냐는 말에 핸드폰 종료 버튼을 누르려던 손가락을 멈칫했다.

'어떻게 아셨지요?'

'카드 사용 내역이 있어서요.'

'아, 그러니까 그게 문제….'

'네, 확진환자와 동선이 겹칩니다.'

'검사를 받아야겠군요.'

'협조적으로 나와 주시니 정말 고맙습니다.'

'애쓰고 계시고 이렇게 연락도 주셨는데 당연한 거 아닌가
요?'

'대뜸 욕부터 하고 검사를 왜 받아야 하느냐고 항의하는 분들
이 있어서요.'

'왜 그런 말도 안 되는 사람들이….'

'요즘, 좀 그렇습니다.'

'그런데 그 확진환자는 마스크를 썼었나요.'

'아니요.'

입 안에 침이 한가득 고이듯 욕이 부글부글 차오르는 걸 느낀
다. 그날, 그러니까 수화기 안에서 언급된 바로 그날, 나는 집회에
참가한 사람이 아니었다. 그저 물건을 사기 위해 그 장소에 있었
을 뿐이다. 확진환자라고 하는 그는 집회에 와서 마스크도 안 쓰
고 돌아다니다가 우연히 나와 같은 장소에서 30분을 머물렀다.
그런데 그 대가는 오롯이 내가 치러야 한다. 주섬주섬 가방을 챙
겨 일어났다. 서두르는 편이 낫다. 이제까지의 삶의 경험에 비추
자면 최악의 상황에 미리 대비해놓는 편이 그렇지 않은 것에 비
해 다가올 충격을 좀 더 말랑하게 만들어준다. 그러니까 생각을

좀 정리해보자. 가장 시급하고 절망적인 건 뭐가 있을까.

우선 내가 숙주라는 걸 인지하지 못한 채 너무 많은 아이를 만 났고 상담을 했으며, 심지어 그 아이들의 부모들과도 만났다. 여 행도 하지 않았고, 친구도 만나지 않았으며, 모임도 가지지 않았 고, 술자리든 뭐든 아무 곳에도 가지 않았지만 접촉한 사람의 숫 자는 매일 밀집 장소에서 유흥을 즐긴 사람보다 월등하게 많았다. 방학인데도 매일 아침 7시 반에 출근했고, 저녁 9시 넘어 퇴근할 때까지 사람들을 만났으니 만약, 정말 만약 내가 숙주라면, 숙주 였다면 나와 이미 접촉한 사람들과 그 사람들의 가족들과 그 가 족들이 만난 사람들과… 생각에 생각이 꼬리를 물고 뱅글거리면 서 돌기 시작하자, 학교도 폐쇄를 하고, 학교 인근의 아파트까지 폐쇄해야 할 것만 같았다. 그리고 그 아파트 옆의 초등학교도…. 아, 제발, 차라리 생각을 말자.

그래, 무엇을 할지만 생각을 하자. 만약, 내가 감염자라면, 그 래서 2주 이상 자리를 비워야 한다면 어떤 조치를 취해놔야 하는 지만 생각해보자. 우선 우리 반 아이들과 학생부 종합 전형에 지 원해야 하는 아이들에게 필요한 급한 상담은 방학 중에 다 끝내 놨으니 얼추 급한 불은 껐다고 봐도 된다. 문제는 '자기소개서' 다. 최초의 얼개라도 같이 잡아줘야 할 거 같은 아이들이 어림잡아 우리 반만 대여섯, 전교에 10명 정도다. 그런데 이 아이들을 기획 샘 혼자서 다 감당하기는 어려울 것이다. 그 옆자리 샘까지 나선다 해도 버거울 게다. 2-3주 후에는 너무 늦다. 얼개가 잡히지 않은 상태에서 뒤늦게 처음부터 새로 잡기에는, 게다가 그 정도 많은 아이들을 남은 시간 안에 끌고 가기에는 시간이 너무 촉박하다.

그보다 더 급한 게 있으니, 수능 원서 마감이 그 전에 닥치겠구나. 그것도 애들 데리고 하나하나 짚어가며 작성하지 않으면 실수하기 딱 좋은 건데, 부담임 샘께 맡기기에는… 아니다, 그 전에 학교생활기록부 입력 마감이 이번 주 금요일이구나. 아직 그놈의 과목별세부능력특기사항도 입력을 마치지 못했는데, 거기에 자율활동과 독서기록, 동아리 관련 기록 등등도 점검해야 한다.

생각할수록 지금은 아니다. 정말이지 지금은 아니다. 설령 바이러스가 벼락같이 밀려와 한 집 건너 한 집이 천둥처럼 그들에게 점령되는 날이 와서 나도 역시 예외가 아닌 상황이 온다 해도 지금은 아니다. 한 달만 아니, 딱 한 달 반의 시간은 내게 주어져야 한다. 그래야 얼추 마무리 지을 수 있다. 그전에 내가 갇히게 되면 애들은 버려진다. 이건 내가 특별히 사명감이 강해서가 아니다. 그냥 무조건 안 되는 상황인 거다. 그런데 지금 벌어지고 있는 건 뭔가. 그래, 지금은 생각하지 말자. 나중에, 일단 나중에 생각하자.

식탁에 가족들 점심을 차려놓고 가방을 둘러매고 집을 나섰다. 막 처서(處暑)를 통과하는 8월의 태양은 여전히 뜨겁다. 에누리 없이 내리꽂히는 열기는 목덜미를 훑고 지나가는데 들이쉬다 내뿜은 숨결은 얼굴을 반쯤 가린 마스크 안에서 갈 길을 잃은 채 도로 기어들어 온다. 무참한 심정으로 도착한 선별진료소 앞의 줄은 이미 길게 구불거린다. 먼저 도착해 줄 안에 소속되어 있는 사람들은 거의 대부분 휴대폰 화면에만 눈길을 고정하고 있다. 주변에는 나무 한 그루 없어 숙이고 있는 고개 아래로도 한낮의 뜨거운 빛이 반사되어 사람들의 표정이 그대로 드러난다. 그들의 표정에는 분노와 당혹감이 아이스크림처럼 녹아 흘러내리고 있다. 나도 크게 다르지 않은 표정으로 줄 맨 끝으로 가서 자리를 잡았다. 그때였다.

"지금 나보고 여기다 대고 말하라는 거야? 응?"

줄 앞쪽에는 사방이 밀폐된, 상자 같은 공간이 자리 잡고 있었다. 그 안에서 젊은 여자 방역 요원이 접수를 도와주고 있었다. 안에서 마이크를 통해 말을 하면, 밖에서도 마이크에 대고 말을 해야만 안에 있는 사람에게 목소리가 전달되는 구조였다. 초로의 그는 그걸 거부하고 있었다.

"씨발, 여기 바이러스가 득시글댈지도 모르는데 나더러 여기다 대고 말하라구?"

차분한 목소리가 네모난 상자 안에서 울려 나왔다.

"마이크에 대고 말씀해주셔야 안에서 들립니다. 마이크에 대고 말씀해주세요."

"쌍, 검사받기 싫다는데 와서 검사받으라고 지랄하더니 이 더러운 마이크에 대고 말을 하라고? 야, 니가 나와서 말을 해. 난 못해."

그리고 돌아선 그는 뒤로 길게 늘어선, 뙤약볕 아래 서 있다가 난데없이 울려 퍼지는 욕설에 영문을 모르고 쳐다보는 모두를 향해 들으라는 듯 덧붙였다. 이건 교회를 탄압하는 거야, 일부러 교회 다니는 사람들만 표적으로 삼아 검사받으라는 게 말이 되느냐고, 하며 소리를 질렀다. 그녀가 한숨을 쉬었는지는 모르겠다. 네모난 상자 안에서 문이 열리고 젊은 방역 요원이 나와서 소독약을 마이크에 대고 여러 번 분사했다.

"소독했습니다. 사용하셔도 안전합니다."

"대고 말하기 싫다고, 야, 여기다 대고 말하기 싫다고. 응? 니가 밖에 나와서 말하면 되잖아. 들리게 말이야."

결국 그녀는 문을 열어놓고 안으로 들어갔다. 네모난 상자 안에서 마이크를 통해서 울리는 큰소리가 흘러나왔다.

"문을 열어놨습니다. 주소 불러 주시구요, 신분증 좀 보여주세요."

그때였다. 어디선가 담당 공무원으로 보이는, 나이가 좀 들어 보이는 남자분이 달려왔다.

"이 문, 열어놓으면 큰일 납니다. 방역 지침에 어긋나요. 안 됩니다. 완전히 닫아요. 어서요!"

네모난 상자 안, 더 네모난 것처럼 들리는, 차분하고 감정이 거세된 여자의 음성이 흘러나왔다.

"안 들린다고 하셔서요. 일단 열어놓고 말하는 중이에요."
"닫고 해요. 문을 열어놓는 것 자체가 방역지침 위반이에요!"

그러자 아까까지 욕을 하던 머리 희끗거리고 배가 수북하게 올라온 남자가 부드럽게 말했다.

"문을 닫고 말하지요, 뭐. 마이크에 대고 말하면 들리지요?"

내가 잘못 본 게 아니라면 그는 살짝 입꼬리를 말아 올리며 웃기까지 했다. 나는 그때 마침, 아침도 거른 데다 전화 받고 난 이후로 먹은 게 없어서 기운이 핏줄기를 타고 싹 다 빠져나간 것만 같은 상태였다. 예전 같았으면 타고난 드러운 승질머리로 분명히 한마디 했을 법도 하련만 마스크 안에서 빙글거리고 있는 더운 공기를 반복해서 들이마시다 보니 악 소리 한 번 낼 기운조차 악마와 거래하면서 팔아먹은 느낌이었다. 예전에 누가 그랬더라? 지금은 이름만 대면 알만한 거물급으로 성장한 그 사람이었던가? 독재하려면 딱 죽지 않을 만큼만 먹어서 딱 기절하지 않을 만큼 일을 시키면 된다고. 그러면 인간들은 어떤 것에도 저항하지 않는 소시민으로 살아간다고?

지금의 '내'가 그때의 그가 표현한 그 '소시민'에 해당하는가? 정말이지 예전 같았으면 그 안쓰러운 방역 요원 편을 들어 분명히 한마디 했을 거라고, 기운이 없어 소리도 내지 못하고 머릿속으로 생각만 했다.

면봉을 코로 집어넣어 뱅글뱅글 돌리면서 한도 끝도 없이 밀어 넣다가 결국 목구멍에 가닿고 나야 잡아 빼는, 불쾌하면서도 섬찟한, 아프다고 말하기에는 부끄럽지만, 등줄기에는 선득한 땀이 배어나는 그런 검사를 마치고 다시 집으로 돌아와, 새벽까지 잠을 이루지 못하면서 생각에 생각을 거듭했다.

당신들이 말하는 천국은 무엇일까. 어떤 천국에 가닿고자 당신들은 기도를 할까. 내가 생각하는 천국과 당신들이 꿈꾸는 천국은 많이 다를까. 네모난 상자 안에 온종일 갇혀서 같은 말을 반복하며 일요일에도 겹겹의 방호복 안에서 숨죽이고 있는 그녀에게 뜨거운 8월, 더 달아오른 분노를 분사하는 그가 부르고 있는 신(神)과 내가 최소한 상식이라는 게 있다면 이 정도는 들어달라고 징징대는 신(神)과의 간극은 얼마나 먼 걸까.

식탁 위에 또 다른 주(酒)님을 마주하고 기도를 했다. 나는, 그 무엇도 믿지 않으면서 모든 것을 섬긴다. 어느 것도 절대자로 여기지 않지만, 세상 어떤 존재든 내 안에서 경외한다. 그리하여 모은 내 두 손에, 염원을 담아 세상 만물에 임하시는 그분께 간절히 기도드렸다. 한 달 반 이후에는 원망하지 않을 테니, 제게 그 시간만큼은 허락해 달라고, 이건 사명감도 정의감도 그 무엇도 아니라고. 그저 세속적인 인간이 밥벌이하는 만큼은 쪽팔리지 않으려는 안간힘이라고, 그러니 당신께서 별 볼 일 없고 하잘것없는 인간이 하는 이 정도의 기도는 들어주십사, 기도를 올렸다.

소풍

구경희

옆집 언니가 소풍 가자고 바람을 넣었다. 그러잖아도 어디라도 가서 콧구멍에 바람을 넣고 싶던 상태였다. 운전을 그다지 즐겨 하지 않는 언니가 운전대를 잡는다는 것은 아주 큰 마음을 먹었다는 표시다. 한 시간 남짓 차를 타는 것이 걱정되었지만 냉큼 눈에 띄는 오렌지색 재킷을 걸치고 선글라스까지 끼고 주차장으로 뛰어나갔다.

오전 11시는 영화음악의 시간이다. 영화 〈보이후드〉가 소풍 길을 함께 했다. 5센티미터 정도 열어둔 창문 사이로 바람이 머리를 흔들었다. 염색도 하지 않은 머리칼들이 강아지 털처럼 휘휘 날렸다.

"언냐 너무 좋아. 저기 산 좀 봐라. 미쳤네 미쳤어. 초록색이 미쳤어. 언니야 양평 두물머리에 우리 선배가 농사지어. 딸기 농사

짓는데 그 집 딸기 진짜 맛있다."

운전에 온 신경을 집중한 언니는

"조용히 봐라. 정신없다 마. 인자 양평 가면 놀랠 일이 많다. 초록이 지천이다."

언니가 뭐라고 하든지 말든지 내가 환자인 것을 까맣게 잊고 잠시 오월의 바람에 취해버렸다.

'생태숲'이라는 곳을 걸었다. 야생물들이 지천으로 깔린 숲을 지나 갈대숲을 지나 강변을 걸었다. 지나가는 강아지들에게 참견도 하고 언니랑 지나서 온 10년 인연을 도란도란 이야기하며 손뼉을 짝짝 치며 그렇게 걸었다. 그림같이 강이 휘어지는 어딘가에서 괜히 윤슬 같은 눈물이 났다.

'살아서 좋네. 이런 것도 보고.'
"뭐 이런 거 보고 우나. 아직 멀었다. 내가 소개할 사람이 있다. 가자."

언니가 잡아끌었다. 잠시 후 누군가가 우리를 향해 다가왔다. 은빛 짧은 헤어스타일에 심플한 안경테를 쓴 여인이었다. 재빠르고 단호한 걸음걸이가 한눈에도 보통 분이 아닌 듯했다.

"구경희입니다. 처음 뵙겠습니다."
"우리 선배 언니랑 이름이 똑같네. 경희야 잘 왔어. 성희가 데리고 왔으면 다 내 동생이야. 잘 왔다. 배밭에 가서 쑥 캐고 돌나물도 뜯어가라. 이따가 석양도 보자."

아무 설명도 없었는데 단정한 목소리로 불쑥 경희야, 이러시니 경계의 벽이 사라지며 마치 오래 알았던 언니같이 느껴졌다.

생전 처음으로 배밭을 가보았다. 손톱만 한 배가 자라고 있었다. 오늘의 목표는 배나무 아래에서 멋모르고 자라고 있는 쑥과 바닥에 다닥다닥 붙어 자라는 돌나물을 캐는 것이었다. 비닐 주머니 하나씩 들고 쑥을 뜯고 돌나물을 뜯었다. 웃자란 쑥을 꺾을 때마다 진한 쑥 향이 마스크를 뚫고 전해졌다. 내 비닐 주머니는 할랑한데 두 언니의 주머니는 어느새 연한 쑥으로 가득 차 있었다.

"너네들 집에 가서 쑥전 해 먹고 쑥개떡도 꼭 해 먹어. 간단해.

가르쳐 줄게. 돌나물은 올리브유랑 발사믹 식초만 뿌려서 먹어봐
식감이 끝내준다."

언니들의 지혜는 참말로 끝이 없다.

슬며시 해가 넘어갈 무렵 우리 셋은 양평 두물머리 어디쯤 자
리를 잡았다. 노을이 지기 시작했다. 나와 옆집 언니는 유자차를,
큰 언니는 와인을 한 잔씩 들었다.

"경희야. 하나도 아픈 사람 같지가 않네. 참 좋다야. 저기 봐봐.
구름이 해를 가리네. 매일 보는 석양인데 한 번도 같은 모습이 없
더라. 나는 예순이 넘어 세상에 마음을 열었는데 너는 일찍 인생
에 눈떴으니 부럽다야."

아무렇지도 않게 목도리를 매주고 등을 쓸어주는 큰언니의
손길에 마음이 온화해지고 가슴 한편에 남아있던 두려움이 사라
졌다.

"밥 먹고 가라."

큰언니는 양평 유기농 식당 조합원이라며 식당으로 우리를 데리고 갔다. 한 그릇 음식과 백반이 나오는 작은 식당이었다. 검은깨 소스를 뿌린 샐러드와 나물이 차려지는 걸 보니 감탄이 절로 나왔다. 정갈한 상차림이었다. 언니들은 반 그릇씩 나눠 먹는다고 했고 나는 한 그릇 다 먹겠다고 선언했다. 신선한 채소와 삼치구이, 두부구이를 야무지게 먹었다. 항암제를 먹기 시작한 이래로 이토록 맛있게 밥을 먹은 적이 없었다.

허겁지겁 밥을 먹다가 건너편 테이블을 보는 순간 깜짝 놀랐다. 오전에 얘기했던 '양평에서 농사짓는' 선배가 약속이나 한 듯 동료들과 얘기를 나누고 있었다.

"어!! 니 우째 왔냐? 이 시간에 학원은 어쩌고 왔냐?"
"놀러 왔어요. 인자 놀 거예요. 이래 만나다니 신기하다."
"니 갈 때 저그 딸기하고 파 가져가라이. 오이는 없다야. 딸기는 잼 만들어라이."

선배는 아무것도 묻지 않고 자식같이 키운 딸기와 파를 안겨주었다. 그리고 스무 살 때처럼 어깨를 툭 쳐주었다.

마음에 들지 않는 친구를 맞으며

이의진

어느 날부터인가 눈앞에서 아주 작은 벌레 한 마리가 날아다니기 시작했다. 벌레는 내 눈동자가 굴러가는 방향을 따라 함께 날았다. 가끔 먼 곳을 바라다볼 때만 사라지는 것 같다가 다시 시선을 가까운 곳으로 끌고 오면 어김없이 나타났다. 눈을 감으면 사라지는 것처럼 보였지만 다시 눈을 뜨면 빛이 있는 공간 어디에서든 눈동자가 구르는 방향을 따라 폴폴 날아올랐다. 어느 순간 참지 못해 잡아보겠다고 뻗었던 손이 허공중을 속절없이 유영하다 무춤해져 갈 곳을 잃어버린 다음부터는 구태여 잡겠다고 먹었던 마음을 아예 풀어버렸다.

짙은 색깔의 안경테가 드리운 그늘 때문에 다소 피곤해 보이는 의사는 나이에 따른 자연스러운 변화라고 했다. 수정체와 망막 사이의 공간을 채우고 있는 유리체가 투명도를 유지해야 명확한 시력이 가능한데 그곳에 혼탁이 생기면서 망막에 그림자를 드리워 마치 눈앞에 뭔가가 떠다니는 것처럼 느끼게 되는 거라고 친절하게 일러주었다.

"수술해야 하나요?"

"일반적으로 시력에 영향을 미치지는 않습니다. 눈앞에 검은 실이 떠다닌다고 거기에 너무 신경 쓰지 말고 자연스레 무시하면 됩니다. 시간이 지나면 적응이 돼 느끼지 못하는 경우도 있거든요."

참 이상한 게 병원에 가기 전까지는 갖은 상상을 했었다. 최악의 상황까지 시뮬레이션을 끝낸 상태였다. 녹내장이거나 백내장이거나 아니면 앞으로 영원히 시력에 문제가 생겨서 손가락으로는 글을 쓸 수 없는 상태가 되는 상황. 혹은 뇌에 어떤 혹이 생겨서 시력으로 먼저 나타나고 그것이 점점 손쓸 수 없게 자라 나의 뇌를 갉아먹어 들어가는 상황까지 다양한 종류의 최악을 상상해놓고 심호흡 길게 하고 병원을 방문했다. 그런데 막상 의사가 매우 덤덤하게 상황을 설명하자 거짓말처럼 '아무것도 아닌' 게 되어버렸다.

어느 날 예고 없이 내 눈앞에 나타난 이것들은 존재하지 않는 것들이라고 했다. 귀신 들린 것도 아니고 정신에 이상이 온 것도 아닌데, 내 눈에는 분명하게 보이는 이것들이 사실은 수정체의 이상으로 보이는 '존재하지 않는 어떤 것'이라고 의사는 설명했다. 나이가 들어가면서 이런 증세가 나타날 확률이 높아지고, 최근에는 과도한 스마트폰 사용으로 아주 젊은 연령층에서도 나타나고 있다고 덧붙였다. 그렇다고 내 육체나 건강에 크게 문제를 일으키지도 않는다고 했다. 하지만 내가 시력을 가지고 살아가는 동안에는 치료할 수도 없고 어쩔 수 없다고도 했다. 아무것도 아닌데, 분명히 내 주위를 맴도는 그 어떤 것. 예전에는 분명히 없었는데 앞으로는 계속 함께 가야 할 어떤 것.

생각해보니 그런 존재들이 점점 늘어나고 있다. 꽤 오래전부터 슬멋슬멋 올라오기 시작하는 하얀 머리카락부터 아주 오랫동안 나를 괴롭히다 못해 이젠 오랜 친구가 되어버린 위장 장애와 소화 기능 문제, 갑상선 호르몬 불균형부터 해서 안경이 필요한 노안(老眼)에 이르기까지 점점 내 의사와 상관없이 그리고 어쩔 수 없이 남은 평생을 함께해야 할 친구들이 늘어나고 있다.

억울한 건 내가 이 친구들한테 먼저 친구 신청을 한 적이 없다는 거다. 심지어 이 친구들이 나한테 친구 신청한 적도 없을뿐더러 내가 수락 버튼을 누른 기억도 없다. 어느 순간 내 허락은 구하지도 않고 지들 멋대로 내 삶의 한구석으로 기어들어 오더니 아예 나갈 생각도 안 하고 들어앉아 이젠 내 생명이 끝날 때까지 함께 하자고 버티고 있다. 이 자식들은 당최 예의는 쌈 싸 먹다 못해 뉘 집 개한테 던져주고 온 놈들인가. 어느 집안 내력이길래 이다지도 무례하고 이토록이나 뻔뻔하다는 말인가.

그러나 곰곰 생각해보니 꼭 마음에 드는 '인연'만 상대하고, 내가 좋아하는 '인연'하고만 관계를 맺으며 살아온 건 아니었다. 살다 보면 어쩔 수 없이 얽혀서 한동안 마음고생 하더라도 함께 일을 도모하기도 했고, 불가피하게 같은 공간에 머물기도 했으며, 별수 없이 한솥밥을 먹기도 하는 게 우리네 삶의 '인연'이라는 것이었다는 사실을 떠올렸다. 그래서 살아오면서 대체로 '인연'이라는 것에 특별히 싫고 좋음을 분간하지 않으려고 했다. 어지간하면 되는대로 받아들이려고 마음먹으며 살아왔다. 오는 인연 막지 않고, 가는 인연에 연연해하지 않으며, 한 번 맺은 인연에 대해서는 함께 하는 동안만큼은 최선을 다하는 걸 원칙으로 했다.

그래, 함께 가자. 네가 널 버릴 수 없다면 어찌하겠는가. 죽는 날까지 함께 가야 할 인연이 또 하나 늘었을 뿐, 그래, 이제부터 같이 가자, 고 결심하며 마음에 들지 않는 친구 하나 더 보태는 요즘이다.

목으로 불어오는 서늘한 바람

한정선

햇빛은 찬란했고 바람은 스산했다. 오래 앓았던 우울증의 종지부를 찍는 날이고 새로운 병을 진단받은 날이었다. 나의 새로운 병명은 양극성정동장애(Cyclothyme)*였다.

분리수거를 위해 지척의 거리를 나가는 데도 너무나 큰 용기가 필요했고, 매일 보던 그 거리와 길과 공간이 이세계(異世界)라도 된 듯 낯설고 숨이 가빠왔다. 심장은 고동 소리가 들릴 듯이 뛰고 구토가 치밀고 기절할 것 같은데 기댈 곳이 한 군데도 없다는 막막함에 절망하며 서둘러 귀가하던 시간이 계속되고 있었다. 공황이 심화할수록 이제 어쩌면 나는 외부로 나가는 직장을 가질 수 없는 몸이 되어가고 있다는 깊은 절망감에 침잠했다.

집으로 돌아와 숨을 돌리면 눈 앞에 펼쳐진 모든 것들이 마음

---

*   조울증은 양극성정동장애라고도 불리며 외적 자극이나 상황과 관계없이 자신의 내적인 요인에 의해서 상당 기간 우울하거나 들뜨는 기분이 지속되는 정신장애를 말한다. (출처: 《사회복지용어사전》, 서강훈, 다음 발췌)

에 들지 않았다. 사실 눈을 뜨자마자 커피를 한 잔 마시고 무작정 일을 시작했다. 거슬리는 것들부터 하나하나 손을 댔다. 마무리됐다 싶어 바라보았을 때 그게 또 마음에 안 들면 새로 조립하고 배치하고 못질하고 빨래하고 청소하고, 다음 날 눈을 뜨면 비슷한 일이 반복되었다. 전선을 새로 정리하고 책을 정리하고 서랍장을 정리하고 싱크대 내부를 정리하고 그걸 다시 또 뒤집어서 재배치하고 쉴 틈 없이 일했다.

식사는 생각도 나지 않았다. 식사는 생각도 하기 싫었다. 밥을 먹는다는 게, 그래야 에너지가 유지되고 일할 수 있다는 게 원망스러웠다. 무엇보다 견디기 힘든 것은 음식 냄새였다. 병원을 오가는 길, 공항을 참으면서도 음식점 앞을 지나쳐갈 때면 마스크 낀 채로 코를 막았다. 구역감을 참아내며 걸었다. 그러니 식사 때가 되면 매번 울고 싶을 만큼 괴로웠다. 어떻게 하면 냄새가 덜 나는 음식을 먹을 수 있을까. 잠깐의 환기로도 냄새가 사라지는 것은 무엇이 있을까를 매번 고민했다. 불에서 조리했거나 양념이 진한 것은 무조건 패스했다. 그러다 보니 먹을 수 있는 것은 견과류와 과일과 샐러드, 빵과 과자 정도였다. 그것도 차려서 먹는다는 게 힘들어서 할 수 있는 한 최대한 하루의 끝으로 미뤘다. 다행히 페스코 채식을 하고 있었기 때문에 어려운 일은 아니었다. 부족한 영양은 영양제들로 메꿨다. 내가 할 수 있는 제일 나은 방법이었다.

눈을 뜨고 지쳐 쓰러질 때까지 오로지 일에만 몰두했다. 밤에 잠드는 게 싫었다. 밤잠을 설치며 집 곳곳을 바꿔나갔다. 잠들기 위해 씻고 잠옷으로 갈아입고도 거슬리는 게 보이면 그 상태로 장비를 꺼내서 고치고 다듬었다. 지난밤도 12시가 다 돼서야 보인, 정리했다고 했으나 놓친, 책상 아래 전기선들이 마음에 안 들어서 선을 가다듬고 깔끔하게 만드는 데 시간을 보냈다. 작업복도 잠옷도 구별이 되지 않는 나날이었다. 결벽증처럼 침대에서는 절대로, 밖에서 입던 옷도 씻지 않은 몸으로 올라가지도 않던 습관이 무참해지는 시간이었다.

가장 큰 문제는 카드값이었다. 나는 일을 그만둔 지 1년이 훌쩍 지나있었고 그사이 실업급여는 끝이 났다. 모아두었던 통장을 털어서 그걸로 매번 내게 청구되는 돈들을 지불하고 있지만, 그 금액이 자꾸만 커져서 두렵다. 두려운데 멈출 수가 없다. 하루도 카드를 안 긁는 날이 없었다. 이걸 하고 나면 저게 보였고, 그게 없으면 죽을 것처럼 괴로워서 반드시 사고야 말았다. 그러면서도 이 세상에는 왜 이렇게 아프고 고통스럽고 가난하고 연대해야 할 이들이 많은가. 나는 통장의 잔액을 잊고 후원을 늘려갔다.

이 모든 이야기를 들은 정신과 의사는 조울증 때문이라고, 지금 경조증 기간이라고 약 조절에 들어간다고 했다. 약을 먹고 졸린 적이 있냐고 물었다. 지금까지 수면제를 제외하고 그 어떤 약도 졸린 적이 없다고 하니 의사는 난감한 듯했다. 식사를, 너무나 힘든 걸 아는데 식사를 꼭 해야 한다고 했다. 지금 처방 내려야 하는 약은 위장장애가 있기에 지금처럼 지속하면 처방하기 힘들고 그러면 이 병을 다스리기 어렵다고 말했다. 그리고 하던 일들을 모두 멈추라고 했다.

"지금 하는 모든 행동, 그거 다 학대예요. 자신을 학대하지 말아요."

순간 머릿속이 멍해졌다. 내 손끝을 내려다보았다. 하나도 성한 구석이 없었다. 언제인지 기억도 없이, 부러진 손톱과 찢어지고 갈라지고 피가 듣는 손. 돌아오는 내내 이게 뭔가 하고 샤워를 하고 거울을 보니 이제야 몸 곳곳이 멍투성이인 게 보였다.

비가 내린다고 해서 서둘러, 무엇보다 쌓인 쓰레기들에서 일 냄새가 두려워 분리수거를 나가는 저녁, 봄꽃이 하늘하늘 눈처럼 쏟아진다. 사람들은 조명을 받은 꽃나무 아래 사진을 찍고 대화를 나누고 깔깔 웃는다. 쓰레기봉투를 가득 들고, 그들 사이를 지나가면서 못내 쓸쓸한 것은, 와중에도 공황이 시작될까 봐 두려운 게가장 컸다. 봄이 왔지만 내겐 더 크고 더 높은 병들이 장벽같이 세워졌다. 내 어깨에도 봄날 꽃잎이 떨어졌는지도 모르겠다. 다만 지금은 강화된 약을 먹고부터 식사를 조금씩 할 수 있게 되고 공황이 조금 무뎌졌다. 하지만 매일 카드를 긁고 식사를 최대한 미루고 기상을 하면 일거리를 찾아 몸을 혹사하는 건 여전하다. 꽃잎은 어디 있는가. 내게 잠시라도 다정히 머물러 줘도 괜찮을 것 같은데 일상에서는 여전히 시린 바람만이 서늘한 내 목을 감싸온다.

가난 인증

허성애

사회복지서비스 신청 안내문을 받았다. 아래와 같은 사유로 생활이 곤란한 경우 주소지 관할 주민 센터를 방문하시어 각종 복지제도에 대한 안내를 받고 신청해주시기 바랍니다. 친절한 안내에 이어 다섯 개의 항목이 가지런하게 줄지어 늘어서 있다.

_ 현재 전기, 수도, 도시가스가 요금 체납으로 중단된 경우
_ 주 소득자의 실직 또는 건강 문제로 근로활동에 종사하지 못하는 경우
_ 화재, 천재지변 등 피해를 입은 경우
_ 가족이 있음에도 가족의 부양을 받지 못하는 경우
_ 이외의 사유로 생활이 곤란한 이유가 있는 경우

얼핏 3, 4년 전쯤이었다. 나는 이미 같은 이유로 주민 센터를 가본 적이 있다. 이혼하면서 내 명의로 되어있던 작은 아파트는

공중으로 산산이 흩어졌다. 이런 스토리에는 빠지면 섭섭한 옵션들이 몇 개 있다. 집 날리고, 차 날리고, 빚 떠안고, 맨몸으로 길바닥에 나앉게 되는. 나도 예외일 리 없다. 어쩌다 내가 한 번 써보지도 못한 돈들이 내 명의의 큰 덩어리의 짐으로 남겨졌다. 돈을 이고 나와도 모자랄 판에 빚까지 생겼고, 애 둘을 데리고 월세를 얻어 쫓기듯 이사를 했다. 그때나 지금이나 빠릿하게 뭘 챙기지 못하는 성격이다. 아이고, 야야, 더럽고, 치사하다, 너 다 가져라, 잘 먹고 잘살아라. 딱 그 심정으로 자동차도 줘 버렸다. 그야말로 집도 절도 없이 허허벌판 맨땅에서 헤딩하듯 브라보! 그렇게 마이 돌싱 라이프가 시작되었다. 첫째는 6학년 열셋, 둘째는 이제 막 어린이집을 졸업한 여섯 살이었다.

양육비로 160만 원을 받으면 다들 운이 좋다고 말을 한다. 지 새끼라고 다 거두는 줄 아냐, 돈 한 푼 안 주고 쌩을 까는 애비들이 많고두 많다더라. 그렇게까지 바닥을 치는 개쓰레기가 아닌 것만 해도 다행이다. 그리들 말하면서 동시에 여자 혼자 애 둘 키우는 게 보통 일은 아니라고도 했다. 다행인 건지 행운인 건지 보통은 아닌 건지, 뭐든 시작할 때는 잘 모르는 법이다. 번다고 벌어도 역시 숨이 차고 허덕이게 되었다. 아이들은 쑥쑥 컸지만 나는 죽죽 늘어졌고, 돈은 술술 샜다.

한 부모 가정으로 정부의 지원을 받을 수 있나 알아보려고 주민 센터를 처음으로 찾아가던 날에도 별다른 감흥이 없었다. 이 정도 고생이 보이면 충분히 나라에서 도와주겠지. 세금은 멋으로 내나? 그저 그 정도로만 편하게 생각했다. 엄청난 서류들을 들고 주섬주섬 담당 공무원 앞에 앉아서 이런저런 이야기를 들었다. 이 정도로는 곤란합니다. 더 힘든 분들이 많아요. 덤덤하게 거절의 멘트가 쏟아질 때가 되어서야 정신을 조금 차렸다. 이런 것도 정말 재주가 있어야 하는가 보다. 집도 있고 땅도 있고 돈도 있는 동네 아줌마들은 척척 지원도 잘 받던데 바보같이 나는 이게 뭐냐.

"나는 탈락이야."

주민 센터를 나서면서 쓸쓸하게 말했을 때 친구들은 웃으며 말했다.

"으이구, 이 바보야! 더 불쌍한 척을 했어야지! 화장은 왜 하고 갔어. 옷도 더 거지같이 입고 가지 그랬어!"

"더 신경을 썼어야 했을까? 엄청 추레하게 하고 가서, 보기만 해도 불쌍해서 눈물이 줄줄 나게 말이야. 아무래도 난 생긴 게 너무 부티가 나서 안 되는가 봐."

나도 웃으며 대답했다.

집에 돌아오는 길에는 웃지 않고 생각했다. 못사는 것도 서러운데 더 못사는 척 연기까지 해야 하나. 나의 가난을 증명하는 서류란 것이 어느 정도 되었어야 통과인 걸까? 가볍게 탈락이라니 나는 나라에서 인정하는 '안 가난한' 자가 된 걸까? 그 후로 몇 년 동안 월세 보증금이 더 작은 데로, 조금 더 작은 데로 두 번이나 이사했다. 이제 주민 센터에 다시 가면 어떨까? 이번에는 통과하게 될까?

파이팅! 그 흔한 소리가 잘 안 나오는 나의 도전은 세 번으로 끝이 났다. 두 번 탈락하고 세 번째가 되어서야 겨우 통과했다. 그렇게 어렵게 얻은 한 부모 가정의 혜택은 상당히 다채롭다. 미성년 자녀 앞으로 교육비 보조금이 매달 나온다. 월세 사는 조건일 경우 주거 안정 지원금이 나오고 10리터짜리 쓰레기봉투는 한 달에 아홉 장이 배급된다. 매달 우리 세 식구 기준으로 30킬로 한정 정부 공식 쌀인 나라미를 10킬로당 12,000원 정도에 구매할 수 있다. 둘째 아이 학교에서는 이런저런 명목으로 일 년에 두어 번 공연 티켓이나 문화체험 활동의 기회를 준다. 물론 당첨 가능성은 몹시 낮다. 기회는 기회일 뿐! 반드시 1년 안에 다 써야 하는 문화 카드도 있다. 말 그대로 책이나, 음반, 영화, 각종 공연 등에 사용 가능하다. 동네 교회에서 김장철에 '불우이웃돕기' 라벨이 크게 붙은 김치를 보내주기도 한다. 동네 빵집에서 빵을 줄 때도 있다. 여느 해와 달리 작년에는 1인당 96매의 마스크를 지원받았다.

〈기생충〉, 얼추 그 영화 이후다. 봇물 터지듯이 많은 '이야기'들이 세상으로 쏟아져 나왔다. 그 속에는 얼룩덜룩한 많은 '가난'들이 들어있었다. 내가 어릴 적엔 이랬는데, 저랬는데. 가난은 이런 것이다, 저런 것이다. 간증이라도 하듯이 속사포처럼 막힘이 없고, 구구절절한 사연들이다. 내가 아는, 내가 지나고 있는, 정부 보조금 대상 자격 심사를 위해 들락날락하던 주민 센터 입구, 그 계단 모서리가 꼴도 보기 싫어 일부러 먼 길 빙 돌아가게 되는 그런 가난은 어쩐지 진짜 가난이 아닌가도 싶다.

도에 관심 많음

김소애

"도에 관심 있으세요?"

젊디젊은 호기심으로 들끓던 내가 그 물음에 무심할 수는 없었다. 도를 아시냐는 분들이 사이비 종교 집단이란 소리를 들었던 터라 경계심은 있었다. 하지만 그들이 말하는 '도'라는 게 무언지, 도대체 무엇 때문에 내 또래의 청년들이 길에서 행인을 잡아 세우고 저리들 숱하게 묻고 다니는지, 그들이 무얼 얻으려는 건지, 뭘 어쩌려는 어떤 사람들인지가 무척이나 궁금했다.

내 깐엔 그 호기심을 제법 오래 참고 있었다. 그러던 어느 날, 전철역을 나와 시내 로터리를 거쳐 집을 향해 걷고 있을 때였다. 누군가 내 앞을 가로막고는 읊는 것이다. "도를 아시나요?" 그날따라 귀가가 유독 일렀는데, 집에 곧장 가봐야 할 일도 딱히 없었다. "그래요!" 하며 뒤를 따랐다. 두려움이 전혀 없진 않았지만 호기심이 더 컸고, 나를 불러 세운 여성의 눈빛이 무척이나 맑았다.

그 조직에 발을 들인 지 얼마 안 된 신출내기 조직원이었다.

늘 집으로 가던 길에서 옆으로 몇 발 들였을 뿐인데, 주변 상업 지구와 사뭇 다른 분위기의 낯선 골목이 나타났다. 조금 더 걷는가 싶더니 어느 대문 안으로 들어섰다. 2층 양옥의 살림집이었다. 안으로 들어서니 마구 나뒹구는 여러 켤레의 신발들부터 눈에 들어왔다. 넓은 거실이 보였다. 청년 한 명이 난처한 표정으로 한쪽에 앉아 있는데, 열 명은 족히 돼 보이는 사람들이 둥글게 그를 둘러싼 채였다.

내가 들어서자, 그중 몇 명이 벌떡 일어났다. 그들은 얼굴에 재빨리 미소를 띠우고 내게 다가왔다. 거실의 다른 쪽에 나를 앉히더니, 역시 나를 에워쌌다. 그들은 곧바로, "당신 기운이 범상치 않아 보인다!" "조상님이 주위에 있는 걸 아느냐?" 등으로 내 호기심을 자극했다. 그때, 나는 지금보다도 훨씬 맹했다. '무슨 말도 안 된다'라는 의심은커녕, 그들의 얘기에 귀를 쫑긋 기울였다. 강렬한 호기심이 한껏 치솟아 올라 머릿속을 윙윙 울릴 정도였다. 나는 평소대로 마구 솟아나는 궁금증들을 쏟아냈다.

제법 오랜 시간 질문과 답변이 오갔다. 그들이 무언가 대답을 해오면, 나는 그와 관련해 또 호기심이 솟아나 질문을 하고, 대답이 나오면 또 질문하고, 답이 오면 또 묻고, 오면 또 묻고, 또 묻고… 이러는데, 시작 때와 달리 점차 이 사람들의 대답이 늦어지고 목소리도 작아졌다. 짜증스러운 표정으로 한숨을 쉬는 이도 있었다. 좀 지쳐 보이기까지 했다. 반면, 내 호기심은 좀체 지칠 기미가 없었다. 그들의 이론에 바닥이라도 났는지, 몇 명의 대답이 엇갈리고 상충하더니, 서로 얼버무리기 시작했다. 나는 또 그걸 그냥 넘길 수 없었다. 논리의 빈틈을 찾아내 캐물어야 직성이 풀릴 것 같았다.

거실과 연결된 방문 하나가 벌컥 열렸다. 나이가 좀 돼 보이는 여자 하나가 방에서 나왔다. 곧장 내게 오더니, 눈빛을 매섭게 번뜩이며 내 앞에 바짝 붙어 앉았다. 그러더니, 방금 내 질문을 들었는지 다짜고짜 그 질문에 대한 답변을 늘어놓았다.

'다른 사람들보다 논리가 제법 체계적이고 그럴듯해!'라고 감탄하며 나는 그녀의 설명에서 궁금한 부분을 질문하고, 그녀의 답이 오면 또 질문하고, 오면 또 질문하고, 오면 또 하고, 또…. 잠시 후 그녀는 벌컥 역정을 냈다. 그리고 마치 신내림이라도 받은 듯 말을 쏟아부었다. "당신이 조상님을 믿지 않아 화가 많이 나셨다. 자꾸 의심해서 조상님이 화가 많이 나셨다. 이제 어쩔 것이냐. 이를 어쩌면 좋냐. 조상님의 화를 빨리 풀어드려야 앞으로 당신에게 들이닥칠 큰 화를 막을 수 있다." 등등.

무척 순진했던 그때의 나는 놀라서 조상님 화는 도대체 어떻게 푸는 거냐고 다급하게 물었다. 그랬더니, 정성을 들여 제사를 지내야 한단다. 또, 제사상을 잘 차리는 게 중요하다며, 지금 수중에 돈이 있느냐, 있으면 얼마 있느냐고 묻는 것이었다.

'나 지금 얼마 있지?' 가방에서 지갑을 꺼내 그 사람에게 열어 보이고 그 안을 함께 들여다봤다. 오천 원 지폐 한 장이 다소곳이 꽂혀 있었다.

그녀가 한심하다는 표정을 지으며 탄식했다. 오천 원 가지곤 안 된다는 것이었다. 그러고는 집에 돈이 없느냐고 물었다.

800원이면 교내 식당에서 라면 한 그릇을 먹을 수 있던 시절이었다. 그래서, 나는 그 사람에게 되물었다. 왜 5천 원으로 제사를 못 지낸다는 거냐, 제사상에 무얼 올리길래 돈이 그리 많이 든다는 거냐? 그랬더니, 이 사람이 또 내게 벌컥 짜증을 부리지 않는가. 나도 그만 짜증이 나고 말았다. 에이씨!

여태 헛수고했다는 생각이 들었다. 내 궁금증에 대답도 제대로 못 해주었으니, 이 사람들도 '도'가 뭔지 모르지 않는가. 그제야 옆을 돌아보는데, 아까 그 어리숙해 보이던 청년은 어느새 설득된 분위기였다. 몇 명이 은행을 같이 가니 어쩌니 하고 있었다. 그 모양을 보고 있자니, 더는 거기 있고 싶지 않았다. 자리에서 벌떡 일어났다. 그랬더니, 다들 놀라면서 내 앞을 탁 막아서는 거였다. 거기서부터 덜컥 겁이 났다. '아차, 잘못 들어왔구나.'

그때가 돼서야 내 분별력은 제 기능을 하기 시작했다. 상황을 모면하기 위해서는 거짓말이 필요할 것 같았다. 잠시 궁리 후, 조상님에게 제사를 잘 지내야 하니 집에서 돈을 가지고 오겠다고 말했다. 거기 사람들 모두가 그다지 믿지 않는 분위기였음에도, 방에서 나왔던 여자가 순순히 그러라고 했다. 그러면서도 처음에 날 데려왔던 신출내기에게 나와 함께 가라 명령하며, 그들 나름의 방책을 잊지는 않았다.

그렇게 그곳에서 무사히 나와 길을 걷게 되었을 때, 신출내기 그녀에게 물었다. 언제부터 이거 하셨냐, 부모님은 아시냐, 학교는 다니냐, 등등. 나보다 끽해야 한두 살 많아 보이던 맑은 눈빛의 그녀가 왠지 좀 걱정이 되었다. 그녀는 내 질문에 대답은 하지 않고, "용기 있으시네요."라고만 했다. 그 말이 좀 우울하게 들렸다. 조금 더 걷다가, 아까는 거짓말을 한 것이니 그만 가시라고 했고, 그녀 역시 별말 없이 돌아서 가주었다. 이후에도 그녀와 처음 마주했던 시내 로터리를 지나칠 때면, 돌아서던 그녀의 얼굴이 간간이 생각나곤 했다. 그때 좀 더 대화해볼 걸 그랬나.

그래서인지 그 이후 사기 종교(이단이라는 말 대신 '사기 종교'라 칭해야 맞지 싶다)를 가진 남자친구를 만났을 때는 대화를 많이 나눴다. 그렇게 내 질문과 호기심이 그가 오랫동안 가지고 있던 믿음을 잃게 만들었다. 그리고 얼마 안 가서 그와 헤어지게 되었는데, 부디 그가 홧김에 그 종교로 돌아가지 않기를 빌었다.

당근

서은혜

요 며칠 당근마켓 거래에 푹 빠져 지냈다. 이사를 한 달 앞두고 짐을 줄이던 차였다. 상태가 괜찮고 값이 나가는 물건들은 당근마켓으로 판매하면 좋겠다는 생각을 한 게 시작이었다. 조금이라도 본전을 건져보려는 속셈이었다.

결론부터 말하자면 피곤했다. 지난 월요일부터 닷새 동안 무쇠가마솥을 비롯한 일곱 개의 물건을 내놓았고, 오늘 오후에 올린 학독 말고는 모든 거래가 성사되었다. 남편과 아이들 말로는 말도 안 되는 가격에 내놓아서 그렇다고 했지만, 내놓은 물건이 팔리지 않는 상황에 자꾸만 신경을 쓰는 내 시간이 아까워서 가격을 낮게 잡았을 뿐이다.

아무튼 오늘은 국산 무쇠 구이판과 롯지 사각 그리들을 거래하기로 한 날이었다. 쪽지를 교환하고, 물건을 포장하고, 약속한 시간과 장소에서 그들을 만나고 하는 지난한 시간을 2번 정도 반복했을 뿐인데 하루가 다 가버렸다. 물론 틈틈이 책을 읽고 글을 쓸 자료들을 정리하기는 했지만 불쑥불쑥 끼어드는 쪽지와 약속으로 쪼개지고 공격받은 시간은 조각조각이 나버렸다.

그렇게 오늘은 3만 원을 벌었다. 그 두 개의 물건 구입가는 12만 5천 원이었다. 내가 아무리 최저임금을 번다지만, 월급이 따박따박 나오는 일자리에서 등짝이 따습도록 적응을 해버린 탓인지, 돈 오천 원, 만 원에 오만 실랑이를 벌이며 며칠을 보내다 보니 사는 게 참 구차스럽다는 생각을 하게 되었다.

무쇠 프라이팬은 녹이나 진득거리는 기름때 하나 없이, 사람 피부처럼 부들부들하게 '질'을 잘 들여놓을수록 새로 만든 물건보다도 사용하기가 좋다. 그래서 주물공장들은 돈을 더 받고 새 제품에다 기름을 먹이고 불을 입혀서 질을 들이는 서비스를 제공하기도 한다. 무엇보다 무쇠솥과 프라이팬을 애지중지 여겨온 나로서는, 녹이나 기름때 하나 없이 매끈매끈한 이 물건들을 사진으로 모두 확인해 놓고도, 중고니까 밑도 끝도 없이 값을 내려달라고만 하는 사람들이 야속했다.

깎아주세요. 조금만 더 깎아주세요. 죄송하지만 조금 더 깎아주시면 안 될까요? 우리집 근처를 지나시는 길에 물건을 전달해주시면 안 되어요? 지금 가려고 했는데 안 되겠어요, 다음에 갈게요. 길치예요, 거기가 어디예요, 어떻게 가면 돼요, 알려주세요. 등등등 등등등등 등등등등.

오늘 만난 어떤 분과는 정말 거래를 하고 싶지가 않았다. 형편이 좋지 않아 그리 구차스런 말을 꺼내는가 싶어 꾹 참아오던 마음이었다. 그런 그가 물건을 교환하던 자리에서 굳이 전원주택 생활을 자랑하는 말을 하는 걸 듣고 나서는 팽하고 돌아버렸다. 다 물리고 다시 뺏어버릴까 싶은 생각까지 올라왔지만 짐 하나라도 얼른 덜어버리고 싶은 마음에 모르는 척 돌아서 버렸다.

감기 증상이 있다며 다른 날로 약속을 미루자던 또 다른 사람은 뜬금없이 우리 집 근처라는 메시지를 보내왔다. 무례하다는 생각이 들었다. 하지만 3kg이나 나가는 무쇠 프라이팬을 '만 원'에 사려고 '(차가 없어서) 버스로 가겠다(그러니 내가 원하는 가격까지 깎아달라)', '(감기 증상이 있어서 못 가겠다고는 했지만 못 참겠더라) 약속 장소에 다 와 간다'는 그 사람이 궁금해졌다. 이 마음이 도대체 무엇일까? 정류장 사이사이 걷고도, 흔들거리는 버스에 시달리고도 3kg짜리 무쇠덩어리를 든 사람이 무사할 수 있도록 포장한 물건을 몇 번씩 덧씌워 포장을 했다.

"혹시…. 당근…이세요?"

"네, 무쇠 그릴 찾는 분이세요?"

차가 없고, 길을 잘 모르고, 감기 증상이 있다던 그 사람을 드
디어 만났다. 며칠간 핸드폰으로 문자를 나누며 조금씩 싫어하는
마음이 생기려던 사람이었다. 마스크 너머로 그의 얼굴을 보는 순
간 마음이 조금 달라졌다. 돈 만 원이라도 건져보려고 핸드폰에서
'당근!' '당근!' 하고 알람이 울릴 때마다 메시지를 확인하며 온종
일 조바심 내던 내 모습이 겹쳐 보여서 그랬는지도 모르겠다. 갖
고는 싶은데 함부로 살 수는 없는 그런 물건을 당근마켓에 관심
키워드로 입력해놓고 내내 기다리던, 내 또래의 어떤 여자. 핸드
폰 액정과 글자를 넘어 만난 그 사람의 얼굴이 어떤 호감 비슷한
웃음을 띤 채 나를 향했다. 나도 그 비슷하게 웃음을 지었던 것 같
다. '이 마음이 도대체 무엇일까?' 묘하게 되새기던 그 질문을 굳
이 꺼내 볼 필요가 없었다.

물론 그녀는 혼밥 시간에 공을 들이고 싶었던 비혼의 중년여
성이었을 수도 있다. 환경보호에 삶을 다 바친 환경운동 활동가였
을 수도 있다. 무쇠를 좋아하는 누군가를 위한 선물을 서둘러 준
비하는 사람일 수도 있다. 하지만 화장기 없는 얼굴에, 표정이 없
는 것인지 기운이 없는 것인지 분간하기 힘든 그 눈코입이 상대

에게 호의를 느끼며 미소를 조금 지으려고 할 때 된장찌개처럼 의외로 매력적인 뜨끈함을 발산하는 그런 사람으로부터, 어딘가에서 일을 하고 돌아와서도 쉬지 못하고 곧바로 부엌으로 달려가 식구들 저녁 식사를 준비하는 한 여자의 고단하고도 성실한 모습을 떠올렸다.

"코팅 프라이팬보다는 무쇠 프라이팬에 고기를 구우면 더 맛있대."
"심지어 무쇠 그릴 팬에 구우면 그릴 자국이 나서 고기가 더 맛있어 보이더라고."

아이와 밥 먹다 말고 어디서 들은 이야기를 무심하게 꺼내는 여자의 모습 하며, 엄마 얘기를 듣고 나서는 나도 그릴에 구운 고기를 먹어보고 싶다고 말하는 아이의 모습 하며, 곧바로 무쇠 그릴 프라이팬을 사고 싶어 안달하는 그 엄마의 모습을 마구마구 상상하게 되었다.

그 상상이 내 마음을 말랑말랑하게 만들었다. 구입한 가격에서 단돈 만 원이라도 거둬보려고 아득바득했던 나와 조금이라도 좋은 물건을 싸게 사보려는 상대방이 만나는 그 짧은 순간, 그 짜증스럽고 구차해 보일지 모르는 시간 역시 한 명 한 명의 삶, 그

일부분이었다는 실감이 복잡하고 심란하고, 짠하면서도 안쓰럽고 사랑스러웠다.

삶과 어울리는 부사

김지혜

　　새해가 되면 늘 열심히 뭔가를 하겠다고 결심을 하고, 일기장 가득 그 결심을 채워 넣었다. 작년과는 다르게, 해야 할 것 같았다. 시도하다 망한 일이든, 새로운 일이든 일단 '열심히 하겠다'라는 결심을 하고, 그걸 글로 적어서 눈으로 봐야 마음이 놓였다. '새해 결심'이라고 하는 거에는 언제나 작년엔 왠지 덜 부지런하고 뭔가 더 열심히 하지 못했던 것 같다는, 근거도 없고 밑도 끝도 없는 반성이 늘 세트로 따라붙는다. 반성, 다짐, 열심, 이런 단어들로 채워지는, 매년 다르면서도 다르지 않은 일기장이다. 새해 어른들이 건네는 덕담에도 내 일기장에 적힌 것과 비슷한 단어들이 늘 등장했다.

　　"새해는 더 열심히 공부해라."
　　"새해는 더 열심히 살아라."

'열심히'라는 부사는 어느 문장에도 찰떡같이 어울린다. 아무도 여기에 이의를 제기하지 않았다.

예전에 우연히 한국 남자와 결혼한 독일 여자에 관한 다큐멘터리를 본 적이 있다. 다 보지는 못했는데, 그녀가 한국과 독일의 문화 차이에 관해 이야기하던 장면은 아직도 생생히 기억난다. 잘 이해되지 않는 한국어 표현 중 하나로 그녀가 꼽은 것이 "열심히 산다"라는 말이었다. 독일어에도 '열심히'와 비슷한 의미의 부사는 있지만, 그 부사를 '산다'라는 동사와 연결하지는 않는다. 열심히 공부한다, 열심히 일한다 등의 말은 많이 쓰지만, 열심히 산다는 말은 쓰지 않는다. 독일에서 고작 10여 년 살았을 뿐이지만, 내 경험으로도 일하거나 공부를 열심히 한다는 표현에 있어서 '열심히'라는 부사보다는 차라리 '부지런히'라는 말을 더 많이 쓰는 것 같다. 한국에서 꽤 오래 산 그녀는 이렇게 말한다.

"열심히 사는 건 뭐예요? 사는 건 그냥 사는 거 아니에요?"

나는 그 말이 오랫동안 잊히지 않았다. 그러게, 사는 건 그냥 사는 거지, 열심히 사는 건 뭘까? 자신의 생계나 가족의 부양을 위해, 자신의 커리어를 쌓기 위해 누구나 열심히, 부지런히 일할 수는 있다. 그런데 사는 걸 열심히 산다는 건 또 무슨 의미일까?

도대체 우리는 누군가를 평가할 때 왜 이 말을 제일 먼저 혹은 아주 중요하게 생각하는 걸까? 왜 '열심히'라는 말을 하지 않으면 게으르거나 미래를 포기한 사람처럼 생각하는 걸까?

언제부터인가 나는 더는 '반성·결심·다짐' 같은 단어들로 빽빽이 채워나가던 새해 다짐 같은 걸 적지 않게 되었다. 아이를 낳고 난 뒤 젖을 물리고, 똥 기저귀를 갈아주고, 밥을 하고, 청소하고, 빨래하는 일과가 무한대로 반복되는 세계로 진입하고 나서부터인지도 모르겠다. 작년보다 덜 부지런했던 것 같거나 더 열심히 하지 못했다는 반성이 별로 들지 않는 나날들이다. 뭘 어떻게 더 부지런해야 하고, 뭘 더 어떻게 열심히 해야 할지 도무지 알 수 없는 날들이 계속되는 세계에선 예전의 새해결심 같은 게 들어설 공간 같은 건 없었다.

'열심히'라는 부사가 어울리는 문장이 있고, 아닌 문장이 있다. 때론 열심히 하지 않아도 되는 일이 있고, 열심히 해서는 안 되는 일도 있다. 오십이 된 나는 이제서야 비로소 이의를 제기하는 것이다. '열심히'라는 부사가 모든 문장에 찰떡같이 맞아 들어가는 것은 아니라고, 때론 이 부사가 붙어서는 안 되는 문장도 있지 않겠느냐 말이다.

요즘 나는 "오늘만 같아라"라는 말을 한다. 어제나 엊그제 혹은 작년과 비교해 더 나아져야 할 것들을 찾기보다 지금 이대로

가 좋다는 생각이 드는 나이가 된 것이다. 나이와 상관없이 진즉 이랬더라면 얼마나 좋았을까 하는 후회가 들기도 하지만, 이제라도 알게 되었으니 그래도 다행이라고 가슴을 쓸어내린다.

다큐멘터리에서 본 그녀처럼, 나도 중얼거린다.

"사는 건 그냥 사는 거지 뭐."

내 인생의 그림은 아직 진행 중

손경희

항저우 집에서 2주 자가격리를 하는 동안 재생지에 그림을 그렸다. 흐르는 수돗물을 찹찹찹 맛있게 먹는 고양이 미미를 바라보는 나. 모든 곳에 색깔을 넣지는 않았다.

원래 내 특기는 중도 포기.

나는 포기가 빠르다. 시작은 잘했지만, 시동만 거창하게 걸고 끈기가 없고 근성도 없어 스피드업해야 할 시점에서는 엔진이 푸시식 꺼졌다.

학년마다 한 명씩 선정돼 일본 문부성 장학금 받아 유학 갈 수 있는 시험도 연애한다고 포기. 졸업하곤 대학원 시험도 한번 보고 포기. 일본어학원 강사로 근무하다 스캔들 나서 퇴사하며 포기. 학원 그만두고 공무원 학원 다니다가 공무원 시험 포기. MBC 영상센터 일본 애니메이션 번역 공부하다가 포기. 이화여대 통·번

2020. 4. 1. 午

역 대학원 다니다가 중도 포기. 롯데면세점 다니다가 중도 하차. 미술대학 한 학기 다니고 수업료보다 배우는 게 없다고 오만하게 판단하고 중도 포기.

그렇게 시작만 하고 결과를 못 얻으며 제대로 뭐 하나 꾸준히 해서 이뤄놓은 게 없으니, 나 자신이 한심해서 견딜 수 없었다. 49살이 되던 해. 나는 더블린으로 어학연수를 떠났다. 그곳에서 5개월, 런던에서 4개월 혼자 지내며 다짐하고 다짐했다. 포기가 '빠르다'를 '빨랐다'는 과거형으로 쓰고 싶었다.

아침에 일정한 시간이 되면 나가서 성실하게 일을 하자. 혼자 있을 때도 주먹을 꼭 움켜쥐었다. 더는 나에게 실망하지 말자. 나에게 뭔가를 보여주자! 절실했다. 2019년 말 항저우로 돌아오자마자 코로나로 하늘길이 막혀 버렸다. 그 후 정말 우연히 강아지 옷 디자인을 시작했다.

그림의 채워지지 않은 나머지 부분은 아직 색깔이 없다. 서두르지 않고 차근차근 조금씩 한 선 한 선씩 성실히 메꿔 나갔으면. 그 안의 일상 한 조각까지 소중히 대하면서.

넷,
언니가 되고 보니
사랑만 한 게
또 없더라

"하여, 오직 사랑이어야 한다. 우리에게 부여
될 존재 이유는 오직 그것이어야 한다."

포옹

김지혜

    독일에 온 지 얼마 되지 않았을 때 적응이 잘되지 않았던 것 중의 하나가 '인사법'이었다. 처음 만나거나 알게 된 지 얼마 되지 않는 사이엔 그저 악수만 하면 되지만, 좀 친해지거나 친구가 되면 포옹을 하고 뺨을 살짝 갖다 대는데, 이게 정말 쑥스러웠다. 어학원에 다닐 때 같이 수업받는 젊은 친구들과 어쩌다 시내에서 마주칠 때면 정말이지 당황스러웠다. 특히나 수염 덥수룩한 25살 남자아이들이 "오, 킴!" 하며 다가와 포옹을 할 때면 어찌할 줄 몰라 뻣뻣한 로봇 자세로 - 아, 당황은 했지만, 기분이 나쁘지는 않았다 - 그들을 안아주었다.

    그런데, 한 해, 두 해가 지나고 내게 '친구'가 생기자 포옹은 나를 행복하게 만들어주는 것 중 하나가 되었다. 개를 데리고 산책하는 한나와 길에서 마주치거나 동네 슈퍼마켓에서 비올라와 비비아나를 만날 때면 제일 먼저 포옹을 했고, 매 순간 나는 아이가 엄마에게 안기듯 친구들 품에 안겼다. 그리고 우리는 서로의 등을 다독거려 주었다. 즐거운 일이 있을 때 그 포옹은 기쁨이 두 배가 되게 하는 마술을 부렸고, 힘든 일이 있을 때 그 포옹은 내게 '약'이 되고 위로가 되었다. 수많은 말보다 아무 말 없는 포옹이 천만 배는 더 나을 때가 있다는 걸 나는 이 간단한 인사법에서 배웠다.

몇 년 전, 아들이 같은 반 아이들에게 괴롭힘을 당하던 때가 있었다. 아들과 함께 그 시간을 견뎌내는 일은 쉽지 않았다. 한번은 너무 힘들어서 남편에게 포옹해 달라고 부탁을 했다. 섹스가 아니라, 인간이 인간을 안아주는 행위, 인간이 인간을 위로해주는 행위인 포옹을 이야기한 것인데, 남편은 화를 내며 말했다. "그러면 좀 나아져? 그런 거 없이 견뎌야 할 것 아냐?" 이 남자는 아직 포옹이 '약'이 될 수 있다는 걸 모르는구나! 나는 남편에게 조용히 말했다.

"그래? 나는 가족은 서로 기대기도 하고 또 기대게 해주면서 힘을 얻는 줄 알았는데?"

남편은 머쓱한 표정으로 더 이상 아무 말도 하지 않았다.

작년 여름, 다른 도시로 이사를 왔다. 예전에 살던 집에는 발코니가 없어서 답답했는데 새로 이사 온 집에는 발코니가 있다. 눈곱만큼이어도 좋으니 작은 발코니가 있는 집에서 사는 게 소원이었는데 드디어 꿈에 그리던 발코니가 생긴 것이다. 이삿짐이 대략 정리되자 우리는 발코니를 꾸몄다. 작은 화분을 갖다 놓고 꽃을 심고 편안히 기대어 햇볕을 쬘 수 있는 의자도 갖다 놓았다.

햇살이 좋은 날이면 나는 발코니에 앉아 눈 앞에 펼쳐진 고즈넉한 풍경을 바라본다. 조용히 앉아 즐기는 이 시간은, 행복하면서도 동시에 훅하고 치고 들어오는 깨달음의 시간이 되기도 한다. 혼자가 아니라는 걸 일깨워주던, 아플 때면 어떤 약보다도 더 신통방통하게 잘 들던 그 '약'이 너무 멀리 있다는 걸 깨닫는 시간. 더더구나 지금은 친구가 옆에 있다고 해도 서로 한 발짝 떨어진 채 인사를 나눠야 하지 않는가? 눈에 보이지도 않는, 현미경으로 봐야 겨우 보이는 작디작은 바이러스의 존재가 인간과 인간 사이에 커다란 벽을 만들어버린 시절. 서로를 안아주며, 서로의 체온으로 마음을 보듬어주는 행위가 물리적 거리 두기로 대체되는 시간!

이사하던 날, 한나는 나를 꼬옥 안아주며 말했다.

"우리가 보고 싶을 때는 와인 한 잔 들고 발코니에 앉아서 우리를 생각해. 그러면 그 순간 우리는 바로 네 옆에 있는 거야."

어차피 제 눈에 안경

이의진

옆지기를 처음 만났을 때 그는 싱그러운 25세의 청년이었다. 중간키에 많이 마르고, 희고 갸름한 얼굴에 목이 긴 편이었다. 당시 첫 만남에서 가장 인상적으로 다가온 건 그의 눈이었는데, 참 맑고 순했다. 희고 긴 그의 목과 잘 어우러져 마치 파란 하늘을 순순하게 바라보는 한 마리 사슴을 연상시켰다. 그와 나와의 만남을 주선하는 자리가 결코 아니었음에도 어쩌다 옆자리에 앉게 된 우연으로 많은 말을 주고받을 수 있었다. 이야기를 하다 말고 그의 맑은 눈을 들여다보면서 생각했다.

'아, 이 사람은 한 마리 사슴처럼 보여.'

회사를 다니던 당시 이성과 관련해서는 하도 까탈을 부려, 평소에 누가 소개팅이나 미팅을 해준다고 말을 건네거나 하면 무조건 싫다고 한 적이 대부분이었다. 혹여 누군가 은근슬쩍 다른 부서의 남직원이 너에게 맘이 있는 거 같다고 귀띔이라도 해줄라치면 머리를 홰홰 저었다. 그렇다고 만나는 사람은커녕 따로 마음에 둔 사람이 있느냐 하면 그것도 아니었다.

한번은 회사 내 같은 대학을 나온 선배 언니가 내게는 무슨 자리인지 말도 하지 않고 토요일 오후(당시는 주 5일제 시행 이전이었다) 다른 부서 남직원과 점심 식사 자리를 마련한 적이 있었다. 지금이나 그때나 눈치 없고 칠레레 팔레레하는 성격이다. 선배가 간만에 맛있는 거 사준다 하니 실컷 먹었다. 식사를 마치고 막상 초대한 선배 언니가 아니라 그 남직원이 밥값을 지불할 때까지도 까맣게 눈치 채지 못하고 있었다. 자리를 옮겨 분위기 있는 찻집에 가서 또 신나게 회사 일 가지고 수다를 떠는데 어느 순간 정신 차리고 보니 선배 언니가 안 보였다. "언니는 어디 간 거지요?" 묻는 내게, 좀 황망한 표정으로 나를 쳐다보던 그 남직원의 얼굴은 지금도 잊을 수가 없다. 이후 그 사람을 다시 본 거 같지는 않다. 어떤 기억도 남아 있지 않은 걸 보면 말이다.

왼갖 까탈은 다 부리고 어떤 남자도 맘에 안 든다 하던 내가 막상 연애를 시작했다 하니, 심지어 만난 지 얼마 되지도 않아 결혼까지 하겠다고 방방 뜨니, 회사 내의 많은 사람들이 궁금해했다. 어떤 사람이냐고, 도대체 어떤 점이 맘에 들어서 만나자마자 결혼한다 하냐고 사람들이 물어왔다. 그때 아마 눈을 게슴츠레 뜨고 이렇게 말한 것 같다. "그는 꼭 한 마리 사슴처럼 보여요." 그리고 덧붙였다. "목이 길고 눈동자가 맑아요."

질문했던 회사 사람들은 더 이상 아무것도 묻지 않았다. 단지 아주 친했던, 동기간처럼 우애까지 나누던 남직원 몇이서 내가 참석하지 않은 술자리에서 이런 말을 했다고 한다. '좀 넋이 나간 걸 보니(라고 말하고 미친 것 같다고 읽는다) 아무래도 결혼까지 할 것 같다'고 말이다. 집도 서울, 회사도 서울인 내가 오로지 남자 집안에 맞춰 결혼식을 대구에서 한다 했을 때, 그리고 결혼을 하고 군대 간다는 그를 따라 회사도 그만두고 군대가 있는 전방의 시골로 가서 신혼을 시작한다 했을 때 그들이 보인 반응도 기억난다. 놀라움과 기막힘, 그리고 경악이 뒤범벅되어 있었다.

게다가 방 한 칸, 아니 강원도 시골 방 한 칸에서 시작한다니…. 이건 평소에 까칠하고 까탈스럽고 승질 드러운 여자가 할 수 있는 선택은 아니었던 거다. 도저히 이해가 안 가는 표정으로 누군가가 물었다. "평소에 사슴 같은 사람이 이상형이었어요?"

당시로서는 서울에서 가기에 상당히 먼 대구에서 하는 결혼식에 회사 사람들이 꽤 많이 참석해주었다. 급하게 진행한지라 교통 편의를 봐준다거나 따로 기차표를 끊어주거나 하는 배려조차 하지 못했다. 그럼에도 많은 이들이 내려와 신부 대기실에 들러 덕담도 해주고, 드레스 입은 거 보니 제법(?) 이쁘다 하면서 결혼식 분위기를 매우 화기애애하게 띄워주었다. 신부 입장을 하는데 주변에서 하도 환호를 해대서 보수적인 대구 시집 어른들이 험험 헛기침을 해댈 정도였다. 하긴 식장 안에서 환호성 지른 거야 피로연에서 신랑 친구들보다 신부 친구들이, 그것도 신부 남자친구들이 꽤 많이 그 먼 지방까지 와서 마이크 들고 노래 부르고 춤도 추고 그러는 바람에 눈총받은 거에 비하면 약과에 불과했지만 말이다.

그리고 시간이 아주 많이 흐르고 난 뒤, 당시 결혼식에 참석했던 분들이 기차 타고 서울로 가면서 했다는 이야기를 후일담으로 전해 들었다. 올라가는 기차 안, 지금처럼 KTX가 있던 것도 아니고, 새마을호도 아니고 무궁화호를 타고 네 시간 반 이상을 지루하게 가야 하는 객실 안에서, 한동안 맴도는 침묵을 깨고 누군가 운을 떼우더란다. "사슴을 닮았다고 하더니…. 분명히 목이 길고 눈이 맑아서 사슴 같다고 하더니…. 목이 길고 그런 게 맞기는 한 것 같은데…."

그분은 한참 뜸을 들이더니 덧붙였다고 한다.

"아무리 봐도 내 눈엔 꼭 낙타나 타조 같이 보이는데 말이야…."

뭐 결론은 버킹검이다. 어차피 '제 눈에 안경'이라는 말이다. 내 눈에 사슴처럼 보여서 결혼까지 간 사람이 그분들 눈에는 낙타나 타조로 보였다니 심히 유감이긴 하지만 말이다.

지금도 사슴처럼 보이냐고? 글쎄, 다시 보니 타조 같기도 하고.

다정함이 전희다

오희승

"나는 _____ 때 성적인 즐거움을 느낀다."

위의 문장은 '성의 쾌락과 향유'라는 제목의 토론에서 이야기를 나눈 질문 중 하나였다. 성교육 전문가 친구가 무려 '성의 쾌락과 향유'라는 제목의 비대면 수업을 한다고 해서 묻지도 따지지도 않고 냉큼 신청했다. '도대체 무엇을 가르쳐주는지 모르겠지만(!!!) 나는 배워야 해!' 이런 강력한 의지를 다지고 말이다! 그러나 알고 보니 강의가 아니라 인도자의 안내에 따라 자유롭게 대화하는 모임이었던 것이었다. 떠주는 것을 받아먹으려다가 실망했지만, 쾌락을 주제로 나누는 대화는 어떨지 여전히 궁금했다.

질문지의 빈칸에 딱 맞는 대답 대신 자유롭게 내 생각을 이야기하다 보니 '일상의 다정함이 전희'라는 말이 이어져 나왔다. 이 말에는 공감하시는 분이 많았지만, 너무 착하기만 한 사람은 재미가 없다는 반응도 있었다. 그렇게 생각할 수도 있다. 모두가 취향의 문제니까. 일상의 다정함은 성적인 관문으로 넘어가기에 충족 조건은 되지 못할지라도 필요조건이라는, 기본적으로는 '오래된' 기혼자인 나의 입장을 바탕으로 나온 말이었다.

아직 미지의 사이라 설레고 두근거리는 감정이 있는 연애처럼 결혼도 그럴 수는 없다. 감정의 흐름이 달라질 수밖에 없다. 연애할 때와는 다르게 부부의 시간과 감정은 각자의 공간에서 흘러가는 것이 아니라 한 공간에서 해소되지 못한 채 축적된다. 좋은 감정뿐 아니라 나쁜 감정도 퇴적물처럼 켜켜이 쌓이고 해결되지 않은 현실적인 문제들에 짓눌린다. 이런 변화를 사랑이 식었다고 말하면, (섭섭하겠지만) 그렇게 들릴 수도 있을 것이다. 사랑의 단계가 달라졌다는 표현으로 돌려 말한다면 그것도 틀리지 않는다고 생각한다. 더는 새로움을 기대할 수 없을 때라도 여전히 우리는 사랑이 필요하다. 연애의 감정이 영원히 지속되지 않는다면 진화를 시도해봐야 하지 않을까.

일상에서는 쌀쌀맞고 차갑고 무심하다가, 갑자기 욕정이 동한다고 치근덕거리면, 상대방이 마법처럼 전원 스위치가 켜지면서 성적인 모드로 전환될 수 있을까? 다정함을 적립금처럼 차곡차곡 쌓아두지 않은 상태에서 갑자기 그 위에 만리장성을 쌓을 수는 없는 법이다. 지친 하루를 마치면서 몸을 눕히고 베개에 무거운 머리를 내려놓는 그 순간에 다정함이 상비약처럼 존재하기를, 그리고 서로의 존재가 당연함이 아닌 특별한 고마움으로 여겨질 수 있기를, 곧 일상이 전희 같은 다정함으로 채워지기를 소망한다.

화이트데이에 사탕탕 사랑랑

한정선

3월 14일이면 화이트데이라고 해서 사탕탕탕 설탕탕탕 달콤하고 예쁜 사탕의 향연이 펼쳐진다. 초콜릿이 하나의 향과 색을 중심에 두고 스펙트럼처럼 펼쳐지는 것이라면 사탕은 처음부터 그 모양이나 색깔 향기 등에서 다양한 상상력으로 기능한다. 2월 14일이 밸런타인데이라고 주로 지정 성별이 남자사람인 사람에게 사랑을 담아 초콜릿을 선물한다면 동북아에만 있다는 화이트데이는 사탕의 기본이 새하얗듯이 사탕을, 지정 성별이 여자사람 사람에게 선물하는 날이다. 사탕사탕사탕, 사랑사랑사랑⋯. 이 향긋하고 달콤하고 이기적인 맛.

언젠가 어느 날은 화이트데이인데 연인이 없던 날이었다. 열아홉 이후로 내게 연애는 지극히 일상적이었다. 한 사람을 오래 사귀기도 했고 연애와 연애 사이에 비는 기간이 거의 없기도 했다. 그렇다 보니 화이트데이에 사탕을 못 받는다는 걸 생각조차 해 본 적이 없었다. 화이트데이가 도래했다고 골목골목 마트나 편의점이나 제과점이나 선물 가게마다 화려하고 요란하게 '소리 없는 아우성'으로, 복잡하고 조잡하고 세련되고 촌스럽고 앙증맞고 사랑스러운 이미지로, 상품을 진열해 놨는데 당시 그중 내가 받을 게 하나도 없다는 현실에 당황하며 어이없어했던 것 같다. 그래서 나는 남자 사람 친구들에게 메시지를 돌렸다.

"너희들에게 나를 찬양하고 사랑할 기회를 줄 테니 지금 당장 내게 사탕을 보내. 이후 너희를 기억하고 귀여워할 것이니, 보낸 자에겐 복을 내릴 것이고 보내지 아니한 자에겐 무정하고 무심한 세월을 내리겠다. 땅, 땅, 땅!!!"

이 어처구니없는 메시지를 받고 정말로 착하고 귀여운 내 친구들은 충실하게도 집 앞으로 찾아오거나 그럴 수 없으면 퀵을 보내거나 심지어 밥 꼭 챙겨 먹으라며 돈을 보내기도 했다. 달콤하고 착한 마음들이 모여서 몇 달을 먹고, 유통기한이 지나도록 다 먹지 못할 츄파춥스 깡통이 쌓였다. 평소엔 먹어본 적 없는 고급스러운 사탕도 먹어봤고, 덕분에 맛있고 건강한 식사를 할 수 있었다.

평소에 난 화이트데이엔 왜 사탕이냐며, 내가 좋아하는 초콜릿으로 무장한, 초콜릿 하나로 뻗어나간 다채롭고 풍요로운 저 초콜릿을 나도 받고 싶다고 선언하곤 했다. 앙큼하게도 연인에게 줄 밸런타인데이 때는 넘어가고, 화이트데이 때는 막무가내로 초콜 릿을 받아내었다. 그래서 화이트데이 때 기실 사탕을 받은 적은 거의 없었더라는 것. 아이러니하게도 혼자가 되니 넘치는 사탕 속 에서 사탕 사탕, 하고 있다고 생각하고 막 웃었다. 언제, 내가, 이 렇게, 사탕 속에서, 남들 주고도 남을 사탕 속에서, 허우적거릴 수 있겠느냐며, 청춘의 마지막인 양 그 시간을 충분히 즐겼다. 발칙 하고 새침하고 예뻤던 시간이, 그런 세월인 줄도 모르고 스쳐 지 나갔다.

지금은 무슨 날이든 다 무덤덤해지고 있다. 지난해는 심지어 내 생일조차 나는 혼자였다. 철저히 고립하고 고립된 시간 속에서 무심하다고 생각했지만 내심 당황했다. 돌이켜보니 식구가 많고 연인도 친구도 많았던 터라 생일을 아무도 없이, 면 대 면이 아닌 상태로 보낸 적이 한 번도 없었다.

스스로 철저한 아웃사이더라고 여겼지만 아웃사이더 중 인사 이더였다는 걸 자각한 시간. 지금껏 세상 쿨한 척했지만 쿨하지 않아 씁쓸히 웃었다. 그동안 중증 우울증 환자인 나는 생일을 싫 어해서 죽고만 싶었는데, 생일이 다가오면 우울증세도 깊어졌는 데, 마음 깊은 곳 한 칸에선 당연히 여기던 것들에 기대어서 살아 왔다. 세상엔 당연한 것이 없으므로 이제야 깨달은 어리석은 나는 그간 함께해준 이들에게 말 없는 감사를 보낸다.

앞으로는 나날이 더 고립될 것이고 혼자인 시간이 늘 것이고 나와 당신들의 생일은 물론 명절과 기념일들이 하나, 하나 삭제되어 가는 것처럼 살아갈 것을 안다. 생각해보면 쓸쓸한 일이다. 사람들에게 둘러싸여 사랑받는지도 모르고 사랑받으며 살아왔고, 빛나는지도 모르고 빛나며 살아왔던 시절은 끝났다. 지금은 짙어지고 선명해지는 고독을 들여다보고 있다. 아무리 깊어도 그것은 꽃도 열매도 아니고 단풍이다. 돌올하게 아름다워도 이제는 떨어지고 바람에 날려 사라질 마지막 순간의 황홀인 것도 안다. 그러나 그 고독의 절정이 깊어질수록 다시 새롭게 아름다워지고 있다. 이윽고 이 잎새들이 다 떨어지고 빈 몸으로 빈 가지로 겨울을 맞더라도 벗은 몸 그대로 철저히 아름다울 것을 안다.

플레이리스트에서 아이유의 노래 〈잼〉이 흐른다. 이 글 제목에 영감을 준 노래, 반짝이는 시절의 상처가 경쾌한 만큼 아픈 노래다. 노래를 따라 흥얼거리면서, 당신도 설탕 사랑, 탕탕탕 랑랑 랑했구나 하며, 부족할 것 없을 듯 강하게 자신을 무장했을, 가수의 여린 마음을, 속살을 살펴본다. 당신의 눈물은 끈쩍끈쩍 점도를 지닌 설탕물처럼 고였다 흘러내렸으리라.

바로 마음껏 울지 못했던 시간이 고이고 켜켜이 쌓이고 절여져서 이제는 눈물도 단내를 풍기게 되었구나. 그간 당신은 얼마나 아팠던 것인가. 그러니 이제 사랑을 절여두지 말고 그래서 꺼내먹지도 말고 마음껏 먹고 마시고 취해도 괜찮다고, 너무 참지 않아도 된다고, 당신은 충분히 최선을 다했다고 속삭이고 싶다. 사실 이건 어쩌면 그런 시절을 보낸 내게 보내는 말인지도 모르겠다. 아니, 내 아름다움도 모르고 아름다움을 깨닫지도 못하고 아프기만 했던 시절 속의 아름다운 나에게 보내고 싶은 말이라는 것을 잘 안다.

화이트데이다. 거리는 코로나로 인해 예전보다 한산하고, 예전보다 침체한 경기로 인해 서걱이는 시간 속에도 기필코 도래한 연인의 날이다. 연인이 사랑하는 이를 지칭하는 거라면, 굳이 사랑의 의미를 한정 짓지 말고, 내 남자 사람 친구들이 예전에 그랬던 것처럼 사탕을 나누어 서로를 위로해도 좋을 것이다. 카톡으로 가족에게 사탕을 보냈다. 편리하게 마음을 전할 수 있어서 다행이고, 그 기술을 익히고 있어서 다행이고, 그 정도의 여유는 있어서 다행이다. 그리고 사탕을 사랑으로 보낼 수 있는 사람이 남아있어서 다행이다. "사탕탕 사랑랑~"하고 허밍하다 보면 어느새 달콤 새콤한 과일 맛 사탕, 쌉쌀한 계피 향 사탕을 양 볼에 오물거리고 있다.

설탕과 토마토

오희승

토마토가 철일 때에 한 상자를 주문해서 들여놓았다. 이걸 언제 다 먹을까 부담스러운 양이었지만 예쁜 것들을 손질하는 동안은 행복했다. 하나하나 꼭지를 따고 깨끗이 씻어서 물기를 닦아 바구니에 서로 닿지 않게 보관하고, 당장 먹을 것은 몇 개 골라 십자로 칼집을 깊게 난 다음 설탕을 잔뜩 뿌려 밀폐용기에 한나절 넣어뒀다. 설탕은 녹아서 과육으로 스며들었지만, 생각보다 달지 않다. 토마토에 설탕을 뿌리면 좋지 않다는 설은 어디서 나온 것일까? 그 소박하고 예스러운 정서가 켜켜이 쌓이고 농축된 기억을 환기한다.

유년기 주 양육자였던 외할머니는 요리 솜씨가 매우 뛰어나신 분이었다. 남도의 짜고 달고, 감칠맛 넘치는 음식들을 금세 한 상 떡하니 차릴 수 있었다. 또한 당신이 드시는 걸 좋아해서 끼니마다 상다리가 휘도록 (식탁이 넘치도록) 차리고 손주 손녀가 잘 먹는 걸 지켜보며 자부심을 느끼는 분이었다. 그렇게 손주 손녀를 잘 챙겨 먹이시던 할머니는 한편으로는 좋지 못한 양육자였다. 속을 들여다보면 누구나 완전히 악하고 완전히 선한 사람이 없듯이, 사람들이 그리워하는 푸근한 외할머니의 전형이 아니었다. 그러다 보니 잘 차려진 밥상 앞에 기뻐서 목이 메는 것이 아니라 힘들어서 목이 멨다. 먹는 행위는 하루하루를 견뎌내고, 힘든 상황을 모면하기 위해 목구멍으로 넘기는 의무일 뿐이었다.

중학생이 되어 부모님과 살게 되고서야 식사의 행복을 느끼기 시작했다. 엄마의 요리 솜씨는 외할머니를 닮아서 상차림은 비슷했지만, 편하게 받아들일 수 있는 환경이었기 때문이다. 그 시절 온라인으로 장을 볼 수 있는 것도 아니고 매번 그렇게 식자재를 사다 나르며 세 아이의 밥상을 차린 노고를 잊고 힘든 기억만 떠올려서 죄송스럽기는 하지만, 지금도 한식이 싫은 이유 중 하나가 어린 시절의 기억 때문인지도 모른다. 엄마의 요리라 하더라도 갖은양념이 그득해 외할머니와 유사한 상차림을 대할 때면 나는 종종 과한 부담을 느낀다.

할머니와 엄마가 달랐던 점은, 간식과 설탕에 관대한 것이었다. 자연식만 먹이겠다는 신념으로 인스턴트 식품을 사주지 않으려고 했지만, 당신이 단것을 너무 좋아해서 아이스크림과 도넛이 집에 한가득 있었다. 단맛은 엄마와 함께 산다는 기쁨을 온 감각으로 느끼고 실감하게 해주는 상징 같았다. 엄마는 우리가 몸에 좋지 않은 간식을 먹어서 죄책감을 느낄 때면 냉장고에 넣어 둔 시원한 토마토를 얇게 썰어서 그 위에 입자가 굵은 설탕을 솔 솔 뿌려주곤 하셨다. 그 단순하면서 청량한 맛은 오래도록 강렬하게 기억에 남았다. 엄마만의 차별화된 맛. 인정받으려는 욕망 없이, 압도하지 않는 소박함이 너무 편하고 안락했다.

토마토 한 접시의 기억으로도 사람의 마음이 뒤흔들리는 걸 보면, 유년기가 남은 인생의 전부를 지배한다는 생각을 거둘 수 없다. 아이는 부모가 빚는 대로 형성되는 존재는 아니지만 나쁜 영향은 귀신같이 흡수하고야 만다. 음식을 해서 같이 먹는 것은 서로 마음을 나누는 행위인데, 거기에 집착하고, 음식으로 사람을 지속해서 통제하려고 한다면 맛이라는 삶의 근본적인 기쁨을 잃어버리게 된다. 과거의 어떠어떠한 불행한 사건이 축이 되어 현재의 내 모습을 결정한다는 선형적인 인과관계는 부정하지만, 트라우마는 남는다. 사랑은 홀로 존재하지 않고 아픔과 엉겨있다. 때때로 치고 들어오는 과거의 망령에 무너져 내리지 않기 위해서는 한 접시의 달콤한 기억을 떠올려야 한다. 비록 아픔을 주었어도, 그 안에 달콤함도 있었다는 것을.

나를 살리는 작고 연약한 것들

구경희

얼마 전 집에 들여놓은 알로카시아는 내 얼굴 두 배만 한 잎을 만들었다. 줄기는 햇빛을 따라 요가를 하듯 휘어지며 자라고 있다. 물도 많이 주지 않지만, 아침마다 화분을 요리조리 돌려 그 아이가 최대한 우아한 모습으로 자리 잡도록 손질을 한다. 식물을 죽이는 간단한 방법 두 가지가 있다. 아예 물을 주지 않거나, 수시로 물을 주는 것이다. 각설하고, 알로카시아는 공기 중이나 뿌리로부터 수분을 흡수하여 잎으로 물을 증발시킨다. 나는 이것을 '알로카시아의 눈물'이라고 부른다.

오늘 아침에도 베란다 문을 열고, 화분 방향을 돌렸다. 화분이 집채만 해서 이것도 보통 일은 아니다. 창문을 열어 잎들이 숨 쉬게 했다. 오늘은 딱히 습기가 많지는 않아서 나의 알로카시아는 눈물을 흘리지 않았다.

집 뒤에 있는 작은 동산을 산책하던 길이었다. 가끔 마주치는 검은 고양이에게 먹을 것을 주었다. 그 아이가 적극적으로 혀를

날름거리며 밥 먹는 것을 보니 안도감이 들었다. 내 손끝으로 작은 생명을 느끼는 순간이었다. 손가락 끝을 쪽쪽 빠는 힘이 제법 야무져서 당분간은 안심이라고 생각하며 동산에 올랐다.

예전 생각이 났다. 이십 년 전쯤 애 아빠가 상의 없이 데리고 온 요크셔테리어 강아지를 6개월 정도 키운 적이 있었다. 천성이 발랄한 강아지가 온 집안을 들쑤시고 다니는데, 그때만 해도 동물을 만질 수 없었던 데다가 온몸에 알레르기는 생기고 난리도 그런 난리가 없었다. 결국, 그 아이는 자녀가 없는 가정에 입양되어 현재 평화로운 노년을 보내고 있다. 동물을 끔찍하게 싫어했다. 마흔이 훨씬 넘어서야 동물을 만질 수 있게 되었다.

그랬던 내가 동물을 사랑하게 된 계기는 또 상의 없이 데리고 온 2개월 된 유기묘 덕분이었다. 엄마도 형제도 다 잃고 우리 집에, 동물을 끔찍하게 싫어하는 내게 온 그 아이가 내 발목에 꼬리를 감고 야옹 하는데 동물을 무서워하던 나의 얼음같이 차가운 피가 사르륵 녹아 버렸다. 그렁그렁 눈물이 고인 채 "야 그러지 마. 난 너 싫어. 싫다고…." 머리로는 정 주지 않으리라 맹세했지만, 소용이 없었다.

한 손에 들어올 만큼 작고 연약했던 그 아이 덕분에 '동물적 사랑'이 얼마나 무조건적인지 알게 되었다. 복막염에 걸렸을 때는, 약을 먹이기 위해 일하다가도 뛰어 들어와, 약을 먹이는 사투를 벌였었다. 병원 측에서는 한 달도 못 살 거라고 했지만 나는 어떻게든 살리고 싶었다. 몸집은 작았으나 자존심은 대빵 컸었던 우리 '퍼비'(아기 고양이 이름)는 그렇게 육 개월을 버티며 나랑 함께 있어주었다.

작고 연약한 것들을 사랑한다. 바라보면 판단보다 마음이 먼저 달려간다. 발이 없어 사랑하는 태양을 향해 달려가지 못하는 화초들을 생각하면 그 애처로움에 가슴 아프다. 자존심만큼은 엘리자베스 여왕급이지만 추위와 배고픔에 시달려 이 못난 사람에게도 마음 한 칸 열어 보이시는 길냥이님들을 보면 그저 살아주셔서 감사할 따름이다.

가끔 나 자신이 한없이 작고 초라해 보일 때가 있다. 아니. 사실 자주 그렇다. 그럴 때마다 나를 거쳐 간 생명의 위대함을 기억한다. 나의 화초, 떠도는 길냥이들, 그리고 나의 아이들. 그들과 나는, 말랑하고 따뜻한 기억들이 나에게 생명을 준다. 그렇게 내가 살린 것들이 또 나를 살렸다.

사랑이라는 이유

우연

내가 처음으로 키운 고양이는 '쿠키'다. 이십 대 초반의 일이었다. 쿠키는 그 시절 밤늦게까지 아르바이트를 해야 하고 남자친구를 만나느라 집에 늦게 들어오는 나 때문에 고생을 했다. 일 년에 한 번씩 원룸을 옮겨 다니기도 했고 그 흔한 츄르도 못 사주고 똑같은 사료만 몇 년을 먹었다. 쿠키가 두 살 때부터 다섯 살 무렵까지 자라는 동안 나는 쿠키에게 잘해주지 못하는 보호자라는 생각에 미안해하면서도, 마음 한편으로는 나중에, 나중에 하면서 미뤄 두고 있었다.

그 '나중에'가 언젠가 도래할 거란 생각은, 내가 삶에 품었던 희망과도 비슷했다. 그러나 그 시절의 나에게 희망은 멀어 보였다. 인간관계도 쉽지 않았고, 어떻게 하면 더 좋은 사람이 될 수 있는지도 잘 몰랐다.

내 곁에 있던 쿠키가 다른 집으로 가게 된 것도 그런 의미였다. 쿠키가 아기일 때부터 키우던 언니의 집으로 다시 가게 되는 것이었는데, 나는 삼 년간 쿠키를 임시 보호한 셈이었다. '임시 보호'. 누군가를 보살피며 평안을 나누는 일이 '임시'적으로만 가능할 것 같았달까. 어쨌든 쿠키가 죽거나 아프지 않게 보호를 해냈다고, 떳떳하자고 마음을 먹었다. 그렇게 합리화를 하면서 쿠키를 영영 보내고 싶었던 건지도 몰랐다.

내가 서른 살 즈음이 되어 결혼을 하고 임신을 했을 때, 새로운 희망이 찾아왔다. 뱃속의 생명이 그토록 고귀하고 애틋하게 느껴졌던 때를 기억한다. 작은 생명이 내 안에 꿈틀대는 것을 느끼고, 내가 생명을 잉태할 수 있음을 물리적으로 확인하던 시기다. 산부인과 검진을 받던 날, 명성식당 앞 골목에서 '명성이'를 구조하게 된 것이 쿠키와의 기억과 연결되어 있을 것이라고 회상한다.

몇 년이 지나 명성이의 보호자가 된 나는, 쿠키를 돌볼 때는 상상하지 못했을 돈을 명성이를 위해서 쓸 수 있는 사람이 되어 있었다. 곁에 소중한 사람이 생겼고, 생활도 훨씬 안정적이었다. 집에 오랫동안 붙어있으면서 무릎 위에 올려놓고 명성이를 쓰다듬는 시간도 훨씬 길었다. 일주일에 한 번씩 병원에 데려가고, 아픈 명성이를 위해 면역 주사도 맞히고 영양제와 약까지 챙겨 먹였다.

내가 스스로를 마치 명성이처럼 챙겼기 때문에, 명성이를 챙기는 것이 특별한 일이 아니었다. 먹고 싶은 과일이 있으면 마트에 가서 사 먹는 사람, 해가 밝으면 밖에 나가서 걷는 사람, 마음이 울적해진다 싶으면 좋아하는 음악을 듣는 사람이 되어있었으니까. 다른 무엇보다도 나 자신을 지키고 챙기는 것이 중요한 임신 시기였기에, 길 위의 작은 생명에게 마음을 내어주는 것이 부담이 아니라 기쁨이 되었다.

어떤 주변 사람들은 내가 명성이를 구조했다고 해서 나를 착한 사람, 좋은 사람이라고 이야기했다. 그러나 그런 것은 아닌 것 같았다. 말하자면, 나는 좋은 사람이 아니라 상처받은 사람인지도 몰랐다. 쿠키를 제대로 돌보지 못한 기억이 상처가 되어 가슴에 남아있었기 때문에, 명성이를 구조할 수 있었다.

쿠키가 몇 년씩 꿈에 나오는 일, 꿈에서 그 하얗고 보드라운 털을 쓰다듬다가 바짝 말라버린 물그릇을 보고 깜짝 놀라 깨어나는 일. 명성이를 구조하면서 그런 상처와 마주한다고 느꼈던 것이다. 명성이는 쿠키가 아니었지만, 명성이를 보면 쿠키를 생각하게 됐다. 마치 내가 과거로 돌아가 쿠키를 돌보고 사랑하고 있는 것처럼, 시간을 접어 그 옛날의 시간을 다시 사는 것처럼 느끼기도 했다.

그런 스스로에 대한 위로는, 작은 생명에게 두고두고 느꼈던 죄책감에 대해서도 돌아보게 했다. '내가 왜 그렇게밖에 못 해줬

지' 하는 자책이 아니라, 그때 내가 얼마나 스스로를 돌보지 못했는지, 밤마다 담배를 피워야 잠에 들 수 있을 정도로 불안했는지 같은, 스스로에 대한 연민이었다. 이제는 명성이를 돌보는 것에 집중하자, 내 현재를 다시 만들자, 그런 마음들이 명성이를 돌보면서 물밀듯 빠져나오기도 했다.

상황이 나아지고 엄마라는 역할을 얻으면서 달라진 것도 있겠지만, 분명 상처가 나를 키운 것도 있다. 쿠키에게 몇 년간 미안함을 느꼈던 죄책감이 쿠키를 꿈에 등장시켜서, 어쩌면 명성이를 돌볼 미래를 스스로 만들었다고도 생각한다. 나는 과거와 연결되어 있고 미래와도 그럴 것임이 느껴진다. 어떤 과거는 포기하는 게 아니라 잊지 않고, 꾸준히 현재에 끌어들여 살아야겠다고 다짐한다. 그렇게 행복과 평안의 수명을 연장하고 싶다고. 그렇게 산다면, 주변에 대한 사랑도 자연히 채워질 것 같으므로.

어른과 아이 사이

김소애

자라는 동안 신뢰할 만한 어른다운 어른이 내 주위에는 없었다. 사소한 일이건 큰일이건, 속상함을 토로하고 고민을 상담하고 조언을 구할 수 있는 존재가 한 명도 없었다.

내 부모는 양쪽 다, 비극적 한국사의 파편을 정통으로 맞아 부모가 일찍부터 없었다. 둘 다 고아인 채로 세상을 살아야 했다. 다시 말해, 나와 오빠에게는 친가 외가 없이 조부도 조모도 없었다. 성인이 다 되도록 교류하고 왕래하는 친척마저 없었다. 그 흔한 삼촌, 이모, 고모, 사촌 중 어느 것도 없었다. 세상을 살아가는 모습을 곁눈으로라도, 양으로나 음으로나, 본으로 삼거나 참고할 만한 존재가 전무했다.

내 부모는 인생 초반부터 비극을 맞고 깊게 상처 입은 아이 상태로 성인이 된 사람들이었다. 어쩌다 만나 자식을 낳았으나, 현실 생활에 이리저리 치이며 자신의 상처들을 자식에게도 전이시키는 사람들이었다. 어린 내 눈에도 그들의 천진하고도 박약한 면모는 미더운 구석이 없어 보였다. 어릴 때부터 내게 부모는 고민과 연민의 대상일 수밖에 없었다. 하나 있는 오빠도 내게는 연민의 대상일 뿐이었다.

너무도 천진하고 박약하여 괴팍한 아버지는 자주 술에 취해 행패를 부렸고, 가족을 불안과 공포에 떨게 했다. 미쳐 날뛰는 아버지에게 누구든 맞는 일이 빈번했고, 오빠와 나는 학교에 못 가는 날도 있었다. 우울한 상황에서도 긍정과 낙천을 향해 나름으로는 애를 썼지만, 수시로 검은 우물 속으로 곤두박질쳐야 했다. 늘 혼자 고민하며, 맨땅에 헤딩하고 맨몸으로 부딪히며 무엇이든 혼자 터득했다. 혼자 감당하고 책임지고 거의 모든 걸 스스로 해결하며 살아왔다.

그런 탓에 누구에게도 의지하지 않는 습관이 만들어졌다. 아플 때조차 주위에 아무도 없는 상태가 편할 정도로 독불장군 같은 면도 생겨났다. 타인의 섣부른 충고 조언 평가 판단에 알레르기 반응도 제법 세다. 이미 난 오래전 생각하고 고민한 것들에 대해 가르치듯 타이르듯 해오는 충고나 조언들이 우스워지는 고약함도 있다.

이제 와 아쉽고 후회되는 건, 여태 살아오면서 멘토를 한 번도 구하지 않았다는 거다. 멘토라는 존재를 미처 생각해보지 못했다.

그 생각이 들기 시작했을 때엔, 감히 건방지게도, 멘토를 부탁할 만큼 커 보이는 존재가 역시 주변에 없었다. 드물게도 어른다운 어른을 어디선가 만나게 되면 무척 고무되긴 했지만, 폐를 끼치는 것 같아, 멘토가 되어달라 감히 청하지를 못했다.

그렇게 늘 혼자 허덕이느라 버겁고 고단했던 탓도 있을 것이다, (반려인의) 딸아이에게 처음부터 연민이 일었던 이유에. 첫 만남에서부터 아이의 불안한 눈빛과 작은 몸집이 신경 쓰였다. 나와 비슷한 면이 이래저래 보이는 아이에게 신뢰할만한 어른이 돼주고 싶은 마음이 있었다.

수년 전, 이미 스무 살의 아이가 이런저런 사정으로 고등학생이었을 때, 누구도 요구가 없던 상황에서 내가 자처해 아이와 1년 반 넘게 함께 살았다. 그 기간 내내 좌충우돌 지지고 볶았다. 아이의 상처를 알아가는 과정부터가 무척 버거웠고, 엉망인 아이의 생활 습관과 다투느라 늘 고되었다. 그 속에서 튀어나오는 내 미성숙함을 짓누르고 너그러운 어른인 척 구느라 정말 너무도 힘들었다. 나더러 그때로 돌아가라고 한다면 반려인과 완전히 연을 끊던지, 어떻게든 그 상황으로부터 먼 곳을 향해 도망을 갈 것이다.

내 내면의 갈등이 폭발했던 그 시절을 꾸역꾸역 넘겨냈고, 아이는 아이대로 나이를 먹으며 고등학교를 무사히 졸업했다. 그 후

아이는 한동안 타국에서 공부했다. 그러다, 코로나 상황으로 아이가 귀국하게 되었고, 다시 함께 살게 되었다. 이번 역시 누구의 요구도 없던 상황에서 강박에 가까운 내 선택이었다. 이전보다 조금은 어른스러워진 아이였으므로, 전보다는 수월하리라는 기대도 있었다. 그렇지만, 또 그렇지가 않았다. 더욱이 이번엔 고령의 내 엄마까지 돌보고 있던 터였다. 그러니까, 비정상 가족의 형태에서 구성원의 의식주를 돌보고 따뜻한 가족의 정서와 평온함을 작위해야 했다.

코로나 국면이라 가족 모두 거의 집안에서 24시간 함께 생활해야 했다. 감금에 가까운 생활 중에도 반려인은 직장 일로 바빴고, 나는 줄곧 아이 앞에선 찬물도 못 마신다는 말까지 떠올리며 생활했다. 생활 습관의 좋은 본보기를 보이려 애를 썼고, 허투루 시간 보내는 모습부터 보이지 않으려 했다. 더불어, 윤리와 도덕성의 기본을 갖게 하려 매 순간 도움 될 말을 골랐다. 영화, 드라마, 다큐멘터리 등도 선별해 같이 봤고 보면서 추임새를 넣을 때도 한마디 한마디 아이의 성장에 끼칠 영향을 계산했다. 훈육의 의도가 비치면 반항심이 생길 수 있을 테니, 능청스러운 연기도 늘 곁들여야 했다.

끊임없이 내가 먼저 어른다워지려 노력했고, 아이의 잘못된 태도나 불안정한 심리상태, 헝클어진 생활 태도 앞에서도 억지스럽게 평정심을 유지했다. 그 와중에 내 엄마가 아이로 인해 힘들어하고 불편해하는 부분까지 서운하지 않게 다독여야 했다. 무념무상의 반려인이 답답하고 그에게 불만이 있어도 웬만한 일은 애써 눌렀다. 그러느라, 내 정신적 심리적 에너지를 있는 대로 짜내야 했다.

그에 더해, 가족 모두를 잘 먹이려 노력했다. 아이의 불안정한 정서조차 신경 써 잘 먹이면 나아질 거란 막연한 믿음과 가족다운 분위기를 자아내기에 음식만 한 수단도 없다는 생각 때문이었다. 무뚝뚝한 내 성격에 낯간지러운 표현엔 서투니, 그렇게 내 방식으로 노력했다. 누군가를 잘 먹인다는 건 애정을 기울이는 상징적 행위일 테니까.

다행스럽게도 영민한 아이는 성장 속도가 빠르다. 지나친 자기중심성이 관계를 와해시킬 수 있음을 이젠 아이도 이해하는지, 배려라는 걸 곧잘 하게 되었다. (전엔 치킨 시키면 물음도 배려도 없이 닭 다리는 저 혼자 다 먹어버리곤 했다. 쳇.) 게다가, 아이는 '자가 피드백'의 능력을 지녔다. 자가 피드백의 바탕엔 성장에 대한 의지가 깔려 있다. 따라서 그걸 지닌 사람은 어쨌든 성장하게 되어있다.

어느 날 불현듯, 아이가 나를 엄마라고 불렀을 때, 솔직히 부담감이 왈칵 쏟아졌다. 자존심도 센 녀석이 딴에는 애써 용기를 모았으리라 짐작되지만, 기대고 싶은 아이의 심리가 이해되어 나로선 더 부담스럽다. 이미 부르기 시작한 걸 하지 마라 할 수도 없는 노릇이니, 그저 아이 앞에서 어른인 척 애쓰자 할 뿐이다.

사실, 이 상황의 버거움과 부담, 힘듦의 요체는, 다른 존재를 돌보기에 앞서 내 안의 상처 입은 아이를 제어하는 것부터 먼저였다는 것이다. 거기부터 에너지를 들여야 했던 터라 내게 있는 에너지가 고갈될 지경이었다. 내 상처를 누르고, 나는 받은 적 없는 것들을 내 책임과 의무가 없는 존재에게 기꺼이 주어야 하는 일은 생각보다 훨씬 더 어려운 일이더라. 순전히 반려인의 자식이라는 이유만으론 결코 가능하지 않은 일이다. 한국 사회가 단순히 여성이라는 이유로 여성에게 기대하는 바는 실로 억지스러운 면이 많다. 아이에 대한 내 노력이 그런 식의 억지스러운 기대에 부응하려는 것이었다면, 나는 벌써 저 멀리 나가떨어졌을 것이다.

종종 그런 생각이 든다. 반려인의 딸아이 앞에서 어른이 되려애를 쓰는 것이, 실은 내 안의 어린 나를 내가 기르는 의미일지도 모르겠다는 생각. 늘 불안한 채로 꾸역꾸역 자라난 어린 시절의 나를 성인이 된 내가 쓰다듬으며 다독이고 있다는 생각. 상처 입고 기댈 곳 없던 내가 어른이 되어, 그간 내 안에서 오래 웅크리고 있던 아이를 일으켜 세우고 있다는 생각 말이다.

말에도 힘이 있다

구경희

토요일 저녁이었나 보다. 식구들이 각자 바빠 밥을 함께 먹는 날이 네잎클로버 찾기보다 어려워졌다. 겨우 시간이 맞아 저녁을 함께하기로 한 날, 두부 부침, 채식 잡채, 된장찌개, 갓 지은 밥 등 간단하지만 우리 집에서는 귀한 음식을 식탁 가득 차렸다. 허둥지둥 굽고 끓이고 볶은 나는 기대에 차서 물었다.

"어때? 괜찮아?"
"나쁘지 않네."
"아… '나쁘지 않다'고…."
"그게 뭐 어때서? 좋다는 건데. '나쁘지는 않다'라고 했잖아."

나는 이십 년이 넘도록, 감정이 널을 뛰는 십 대들과 지내왔다. 영어를 잘 가르치는 것보다 심정을 알아주고 공감하는 것을 우선으로 생각했다. 그러면서 학생들에게 항상 '말의 힘'을 당부

한다. 가능하면 긍정적인 단어를 사용하려고 의식적으로 애쓴다. 가령, 지각하는 친구에게 문자를 보낼 때 "못 오니?" 대신에 "오고 있니?"라고 보낸다. '무엇무엇 않다.' 등의 말 사용은 꺼린다. 학생 들에게 이 같은 이야기를 들려주며 서로의 언어를 점검하면, 자신 도 모르게 부정적 단어의 습관적 사용 빈도가 높다면서 본인들도 놀라곤 한다.

말의 힘은 말하는 사람의 품성과도 직결된다. 목소리에도 결이 있다. 전화 목소리를 들어도 모르는 사람의 대략이 짐작할 수 있다. 몸에 밴 친절과 예의는 목소리에도 묻어 나온다. 말의 내용 은 말할 것도 없다. 현대는 개개인의 삶이 마치 섬처럼 멀리 떨어 져 고독의 깊이가 지구 중심을 뚫을 기세다. 나의 나약함을 기댈 곳을 찾을 때 수십억 인구 중에 단 한 사람이 다가와

"너 마음 내가 알아. 오늘은 다 들어줄게. 하루쯤은 고독의 동 굴에 내가 함께 있어 줄게."

라고 말해준다면, 더 이상의 무엇이 없어도 생기를 얻을 수 있 다. 그날 식탁에서 그 대화는 이어지지 않았다. 그러나 습관적으 로 "나쁘지 않다."는 말을 쓰는 것에 참을 수 없어 다른 날 차근차 근 설명했다. 애 아빠는 계속해서 얼굴까지 붉어진 채 그게 왜 문

제가 되냐고, 도저히 받아들일 수 없다고 했다. 부정과 부정이 만나면 긍정 아니냐며. 바보 같은 나도 지지 않을 때가 있다.

"어디 가서 호의를 받고 '이거 나쁘지 않네요.'라고 하기만 해봐."

어쩌고저쩌고 한 번 터진 방언이 길게 이어졌다.

"이건 다 당신을 위해서야, 누가 이런 말 해주겠어."

라고 하며.

돌아보니 나는 가르치는 일보다 들어주는 일을 더 많이 했었다. 듣고 듣고 또 듣고…. 그리고 뻔하지만, 그리고 누구나 아는 얘기들을 그러나 진심으로 한 마디마다 힘을 주며 답해주곤 했었다. 어떻게 보면 뻔한 얘기를 감동적으로 들어준 이유는 진심이었기 때문이다. 입으로만 조불거리는 대신 눈으로도 얼굴로도 눈썹으로도

'내가 너의 얘기에 깊이 공감해. 네가 이 말을 꼭 들어줬으면 좋겠어.'

라는 메시지를 온몸으로 전했기 때문이라고 믿는다.

말을 배배 꼬거나, 습관적으로 부정적인 말을 입에 달고 사는 것은 인생이 꼬이는 지름길이라고 생각한다. 그리고 딱히 그게 큰 문제 없다고 하더라도, 이왕이면 사랑스러운 말 한마디로 서로를 안아준다면 외로움에 진저리치며 홀로 우주 어딘가를 헤매고 다닐 필요가 없다. 그런 의미에서 힘세게 한 마디. 사.랑.해.

나는 네가 참 좋아

허성애

작년 4월이었다. 평소 좋아하던 작가로부터 격려, 위로, 다정함이 골고루 담긴 메시지를 받았다. 마음이 말캉해져서 읽고 또 읽었던 밤.

처음으로 시를 썼던 순간을 또렷하게 기억하고 있다. 제목은 검은 돌. 박람회 구경을 하러 갔다가 그 근처 잔디밭에서 주워 온 매끌매끌 까만 돌멩이에 관한 시였다. 스프링이 위에 달린 종합장에 썼는데, 정작 내용은 단 한 줄도 기억에 없다. 그저 할머니가 크게 칭찬을 하고, 만나는 사람마다 이걸 보라며 엄청나게 자랑을 했던 거, 어느 날은 친척들이 다 있는 앞에서 쩌렁쩌렁 큰 소리로 내가 낭독(?)을 하기도 했던 거, 그 후로 오래도록 글쎄, 얘가요, 보통이 아니랍니다. 얘가 시를 쓰는 애잖아요. 꼬리처럼 따라붙던 어른들의 얘기에 으쓱했던 것들만이 선명하다. 아홉 살이었다.

관련 전공자도 아니고, 전문적으로 배운 적이 있는 것도 아니고 글쓰기라고 해봐야 기껏해야 중고등 시절의 기억들이다. 교지 편집 일을 할 때 모자란 지면 채우기용으로 썼던 것들. 백일장에서 장원 몇 번, 전국 청소년 글쓰기 대회에서 상 몇 번 탄 것이 전부다. 하다못해 라디오에 사연을 보내서 당첨된 적이 있는 것도 아니고, 그 흔한 온갖 잡지 애독자 코너에도 뭘 써본 적도 없다. 몇 년 전부터 SNS에 그저 잡글 막글 수준으로 쓰기 시작했다. 사는 게 힘들고 팍팍하다, 근데 이래서 세상이 아름다워요, 이거 먹어보니 맛나요, 나 오늘 술 마셔요 등등 끄적거리며 그렇게 쓰고 있는데, 쓰다 보니 써지고 쓰다 보니 쓰는 게 좋았다. 그렇게 혼자 북 치고 장구 치고 하다 보니 나도 모르게 헛배가 불렀나 보다. 더 잘 쓰고 싶어지고 더 많이 쓰고 싶어졌다. 그래서 얼마 전, 좀 배워볼까 하고 도서관 글쓰기 강좌를 찾아갔었다. 거기서 합평이라는 무시무시한 단어를 만났고 그날 더도 덜도 아닌 표현으로 그야말로 개박살이 났다. 다시는 그런 데 가지 말아야지. 다시는 그런 글 쓰지 말아야지. 내 주제에 뭘 하겠다고 까불거렸을까 속상한 마음이 흘러넘치는 날이었다.

그날 이후 한참 내가 보기 싫어서 투덜투덜거렸었다. 그러다가 작년 9월, 평범한 사람들이 쓰는 이야기가 책으로 나오면 안 되는 걸까요? 반드시 높고 빛나는 자리나 유려한 글재주가 아니어도 좋겠습니다. 각자 사는 곳에서 조곤조곤 자신의 이야기를 쓰는 사람들의 글을 싣고 싶습니다. 그런 문장들로 시작하는 새로운 제안을 받았다. 초짜들이 대부분 그렇듯 겁도 없이 냉큼 그 손을 잡았고 그날부터 무턱대고 쓰기 시작했다. 일주일에 한 편씩 에세이 형식으로 1,500자에서 2,000자 정도를 쓴다. 나는 매번 신나게 썼고 늘 두근거리면서 내가 쓴 글이 올라오는 걸 읽었다. 잘 읽고 있습니다. 옛 생각이 나서 눈물이 나네요. 뭉클해요. 눈물 핑 도는 댓글들이 있었지만, 아주 기본도 없구나, 맞춤법 어쩔 거냐, 너무 엉망이네, 수준 이하. 뻔하다 등등 눈물 찔끔 나는 피드백도 많았다. 그럴 때는 땅이 꺼지도록 한숨이 나고 입꼬리가 내려앉고 어깨가 처졌다. 나는 좋아라 하며 쓰는데 나만 혼자 좋아라는 아닐까? 혹시 같이 쓰고 있는 다른 분들에게 폐를 끼치는 것은 아닐까? 잠 못 이루고 돌아눕는 밤들도 있었다.

그래도 여전히 나는 글 쓰는 밤들이 참 좋다. 늦은 퇴근을 하고 늘 새벽이 다 되어서야 간신히 푸스름한 노트북 창 앞에 앉는다. 나는 글쓰기를 사랑해! 나는 정말 네가 좋아! 혼자 고백하고 혼자 몰드는 분홍빛 시간. 그리고 그런 밤이 오면, 그러니까 오늘 같은 밤이면, 나와 같은 꿈을 꾸고 나와 같은 사랑에 빠진 사람들에게 자꾸자꾸 말해주고 싶다.

"쓰세요! 나도 쓰고 있어요. 아무나 하는 거 아니라지만 누구나 할 수 있는 거니까요. 써주세요. 당신의 이야기를 들려주세요."

내가 받았던 고운 격려의 말들, 아름다운 응원의 말들을 나도 그렇게 전하고 싶다.

환대

한정선

비가 내린다, 비가 내리는 것이 바람이 부는 것처럼 잦은 제주의 시간에서 오늘의 비는, 겨울을 알리는 비라는 점에서 조금 다르다. 12월의 이 비는 종일 내리다 말다가 다시 내리다가를 반복하며 거세어졌다가 토닥이다가 한다. 오늘따라 바람도 잠잠해서 비가 흩뿌리거나 수평으로 내리지 않고 수직으로 낙하한다. 비가 오니 내리는 그 물들을 들여다보면서 물과 물 사이에 틈새는 없는 것이 아닐까 하는 실없는 생각을 했다. 문득 유연하게 찰랑이는 물을 떠올려보면, 그것이 컵에 담겨 있든 강이나 바다처럼 거대한 형태이든 놓인 형태와 상관없이 견고한 밀도가 상상되는 것이다. 그러나 그 빡빡한 밀도와 상관없이 물체가 물속으로 빠져들면 밀려나 내어주는 공간들. 틈새 없이 단단하게 뭉친 것처럼 보이던 물은 유연하게 밀려나 기꺼이 공간을 만들어낸다. 눈을 감고 상상을 이어가다가 생각이 여기에까지 미치자 왜 물 같은 사람이 되라 하는지 알 것도 같았다.

우리나라에는 언제부턴가 예멘, 시리아 그리고 여러 혹은 다른 나라를 거쳐 도착한 지친 이방인들이 있다. 제주에서는 그들이 한때 많이 모여있었다는 곳에서 멀지 않은 공원에 난민으로서 아팠던 존재의 상징, 위안부소녀상이 있는 곳이 있다. 사회적 약자인 여성과 난민이라는 이중의 약자성을 지닌 존재가 앉은 그곳의 상징은 당연히 평화일 터였다. 평화라… 각 나라에서 일어난 각종 폭력을 피해 이곳저곳을 거치고 거쳐 이 나라에 도착해 난민이 돼 버린, 그들의 입장에서는 이 평화라는 말이 어쩌면 새삼 낯설지도 모르겠단 생각이 들었다. 생존이 어려웠던 곳에서 생존을 위해 생존을 걸고 들어온 이 낯선 땅, 낯선 사람들, 낯선 공기, 낯선 분위기, 낯선 온도, 이 날 서고 낯선 평화… 이어지는 씁쓸한 생각에 씁쓸해하다가 문득, 이 모든 낯섦 속에서 살아내려 난민 신청을 하고 머물러 있다고 해서, 이 낯섦이 두렵고 암울하고 슬프기만 할까, 이것 역시 지독한 대상화가 아닐까 하는 생각에까지 미쳤다.

그들은 실은 새로운 가능성과 기대감으로 설레기도 할 터였다. 어쩌면, 마음 깊은 한자락에선 당찬 희망을 붙잡고 있을지도 모르겠다는 생각도 했다. 아니 사실은, 그리운 고향, 그리운 사람들을 멀리 두고 차마, 그립다는 말조차 사치처럼 느껴질지도 모를 사람들이, 깊은 마음 한구석에선 설렜으면 좋겠다고 진심으로 바라 마지않는 내 마음일지도 모른다. 이곳에 다시 뿌리를 내리고, 다시 그리운 이들을 불러오고, 향수에 젖어 아프다가도 다시 이곳에서 그리워질 이들을 새롭게 만나고 그랬으면 좋겠다고, 그래서, 다시 이곳이, 차갑게 눈물마저 식어버린 채로 등 떠밀려 떠나가야 할 서러운 땅이 아니라, 이제는 그 지친 몸과 마음을 두려움 없이 내려놓고 설렐 수 있었으면 좋겠다고 생각했다. 다시 뿌리 내릴 수 있는 곳, 혹은 언젠가 평화로워진 고향에 돌아가도 좋을 만큼 건강한 삶을 살아갈 수 있는 곳이었으면 좋겠다고 말이다.

여전히 비가 내린다. 겨울답게 차갑게 내리고 앞으로 기온은 더 내릴 것이다. 성탄절이 다가오면 축제처럼 거리와 사람들은 들뜨고 설렌 표정으로 넉넉해지지만, 겨울의 비는 차가움을 몰아오고 12월, 연말연시의 풍경들 속에 쓸쓸함을 부여한다. 해서, 이 차가운 비, 이 많은 물로 인해, 지금 이 땅에서 몸도 마음도 내몰리듯 위태로운 그들이, 습하고 허물어지고 곰팡이 피어 아픈 일이 없었으면 싶은 것이다. 아니, 이처럼 비 내리는 날 낮은 곳에 머무는 존재들을 구석으로 내몰아 놓고 왜 곰팡이 피워 주변에 피해를 주느냐고 비난하지 않는 공동체를 희망한다. 아니, 비를 맞더라도 볕이 뜨면 말릴 수 있을 만큼의 공간과 시간을, 젖어 시리고 아픈 이들을 위해 확보해주는, 단단하고 유연한 물 같은 마음을 간절히 기원한다. 성탄절의 참뜻은 난민으로 온 예수를 맞이하는 마음 아니겠냐고 감히 단정 지어본다.

단언컨대 성탄은 낯선 땅, 짐승들 틈에서 홀로 해산한, 미혼모였던 외로웠을 마리아의 고통과 그 과정을 지켜보며 기꺼이 고통에 동참한 요셉의 사랑과 그들을 방문해서 환대의 메시지를 전한 목동들의 다정함을 기억해내는 과정이어야 한다. 일그러진 욕망에 눈먼 왕이 저지른 수많은 유아 살해를 경유하며, 흐르는 별처럼 정착할 곳 없이 유영하다 태어난 여자의 아이, 예수는 태생부터 세상의 온갖 모짊과 잔인함을 온전히 받아내었다. 마침내 살아낸 그가 계명의 완성은 사랑이라 선포하고 이윽고 너희는 서로 사랑하라 말했을 때, 그가 이룩한 인류의 위대함에 대해서, 이 불길하고 이 어리석고 이 잔혹한 인류는 겨자씨만큼 하찮게 남은 자신의 위대함에 대해서 희망을 품게 했다.

내 공간을 내어준다고 내 밀도가 줄어드는 것이 아니고 따라서 우리는 그 누구도 손해 보는 것이 아니라는 이 단순하고 공고한 환대의 진리를, 물을 통해 확인한다. 손해라는 이 지독하게 계산적인 생각이 들이밀 틈이 없는 공고한 밀도로 존재하는 사랑의 형태를 묵상한다. 하여, 오직 사랑이어야 한다. 우리에게 부여될 존재 이유는 오직 그것이어야 한다.

덧: 돌아올 성탄과 새해에도 행복하시길. 감사합니다, 정말로 고마 웠습니다. 앞으로도 잘 부탁드려요. 손끝 입맞춤을 모두에게 보냅 니다.

작가 소개

김지혜

독일에 거주하며 피아노곡을 만든다. 'Angella Kim'이란 예명으로 〈Playing on and on and on〉, 〈Can You Feel The Wind?〉, 〈An Afternoon Stroll With You〉, 〈Flaying Cherry Blossom〉 4장의 앨범을 발표했다. 에세이집 《인간이라는 단 하나의 이유》와 《어떤 곳에서도 안녕하기를》(공저)이 있다.

구경희

오랫동안 학생들에게 영어를 가르쳐 왔다. 인생 이야기를 즐겨 듣다가 글쓰기의 바다에 빠져들었다. 자유로운 영혼의 한 아이를 키우며 자신까지 해방된 운 좋은 사람이기도 하다. 산에 오르기를 좋아하지만 굳이 정상을 '정복'하지는 않는다.

김소애

모든 게 헷갈리고 늘 크고 작게 흔들린다. 적절히 분별하고 적합한 중심을 찾으려 끊임없이 애를 쓴다. 고되고 엉망이었던 청춘을 겨우 버텨내고 현재는 삶의 2라운드에서, 대학 전공인 전자공학과 접점이 없는, 사진을 향한 관심을 소중한 친구의 응원으로 얻게 되어 생애 최초로 의욕을 키우고 있다.

이의진

서울 지역 공립 고등학교 교사. 《서울신문》에 〈이의진의 교실 풍경〉을 연재했으며, 현재 《동아일보》에 〈피플 in 뉴스〉를 연재 중이다. 에세이집 《오늘의 인생 날씨, 차차 맑음》과 《아마도 난 위로가 필요했나보다》, 《어떤 곳에서도 안녕하기를》(공저)을 출간했으며, 영화평론을 쓴 《성적표의 김민영》(공저)가 있다.

한정선

인권활동가, 작가, 칼럼니스트. 웹매거진 작가로 활동했고, 현재 신문사 《헤드라인제주》〈한정선 작은사람 프리즘〉에 칼럼을 연재하고 있다. 사색이 취미고 특기. 반성 없는 성찰이 되지 않고자 노력한다. 에세이집 《어떤 곳에서도 안녕하기를》(공저)을 출간했다.

허성애

사범대학을 졸업했습니다. 낮에는 학생들을 가르치고 밤에는 읽고 씁니다. 늘 꿈꾸게 하는 딸, 더 바랄 것이 없는 아들, 명랑 몽몽이랑 같이 삽니다. 세상을 떠도는 재미난 말들과 의외의 반전을 사랑해요. 모두의 즐거움보다 몇몇의 은밀한 기쁨이 되는 글을 쓰고 싶습니다.

박혜윤

초등교육을 전공하고 현재는 정신분석과 요가에 심취해 있는 아줌마. 의지에 반하여 현재는 미국에 살고 있으며 나이 터울이 큰 아이 둘을 키우고 있고 남편도 한 명 있다. 틀을 깨고 경계를 허무는 일에 능하지만 관계하는 이들의 속도가 저마다 다르다는 것을 받아들이는 중이다.

서은혜

아동그룹홈에서 일하는 사회복지사입니다. 사는 게 버거울 때마다 읽는 일로 도망을 치다가 어느덧 쓰는 일을 좋아하는 사람이 되었습니다. 아닙니다. 쓰는 일이 무엇보다 괴롭고 버겁다고 하면서도 쓰는 일을 무척 좋아한다고 하는 이상한 사람이 되었습니다. 왜 그런지는 아직도 제대로 설명을 못 합니다.

손경희

일어일문학을 전공하고 종로 〈시사일본어〉 학원에서 일본어를 가르쳤습니다. 어학을 매우 좋아합니다. 중국어를 현지에서 배우고 싶어 2005년 중국 항저우에 와서 현재까지 지내는 중입니다. 우연히 시작하게 된 강아지 용품 디자인을 하며 삽니다.

오희승

《적절한 고통의 언어를 찾아가는 중입니다》를 썼다. 몸이 기억하는 상처와 주변의 시선, 홀로 아픔을 관통하는 길을 보여주고 싶었다. 어디선가 나처럼 경계에서 부유하는 사람들이 외롭지 않기를 간절히 바라며. 지금은 시선을 조금 더 확장해서 주변을 둘러보려고 한다. 삶의 이야기를 사랑한다.

우연

92년에 태어났다. 열 살 되던 해에 부모의 이혼으로 잃었던 가정이라는 바운더리를, 결혼과 출산으로 직접 지었다고 생각하며 산다. 무너진 후에 다시 세우는 것, 그 속에서 찾는 희망이 삶과 직접적으로 연관된다고 생각한다. 내가 써낸 희망이 누군가에게 맞닿을 수 있다면 그것이 글을 쓰는 의미이리라.

이은주

일본대학 예술학부 문예학과 졸업. 요양보호사를 하면서 겪은 경험을 이야기한《나는 신들의 요양보호사입니다》, 주의산만증 조카손자와 세상의 모든 약하고 외로운 사람들을 위로하는《오래 울었으니까 힘들 거야》, 20대 유학시절에 만난 인연과 문학을 향한 분투를 담은《동경인연》을 출간했다.

한숙

산악잡지《사람과 산》에서 기자로 일한 것을 시작으로 구성작가, 방송 모니터, 실험 강사 등 몇몇 직업을 경험했습니다. 그래도 메인 직업은 가사노동자, 아이 넷을 낳아 길렀으니까요. 어느 날 숨이 막혀 인도로 떠났다 왔고 나가야 산다는 자각으로 다시 일을 잡았습니다.

한진수

한진수, 한 개 할 때 한씨이다. 나라는 의식이 생길 때부터 사용한 이름이다. 비굴하고 불의를 피하는 걸 부끄러워하지 않는 삶을 살기 위해 노력 중이다. 남들만큼 배운 건 없지만 남들보단 더 먹는다. 단지 알레르기로 인해 못 먹는 것이 있는 것이 분할 뿐이다.

홍소영

영혼을 우주로 내보내 이리저리 유영하면서 창백한 푸른 점 보기를 즐깁니다. 그러고 나면 지구인들이 다 귀여워 보이면서 세상사 대수롭지 않게 다가와요. 엄마가 세상에서 제일 웃기고 재미있다는 아홉 살 딸아이와 둘이 살고요, 우리는 행복합니다.